Das Buch

es ist nicht irgendein Buch, es ist DAS BUCH; es ist uralt und doch kennt es niemand. Auch nicht Herr Bibli, der ihm zufällig auf einem Flohmarkt begegnet. Allen düsteren Vorahnungen zum Trotz kann er sich dessen Faszination nicht entziehen.
DAS BUCH hat Herrn Bibli auserwählt, diesem Schicksal kann er nicht entgehen. Aus unerklärlichem Antrieb verkauft der Büchernarr alle seine Bücher, bisher Sinn und Inhalt seines Lebens. Nachts quälen ihn Albträume, und nach der psychischen Metamorphose beginnt unaufhaltsam seine physische. »Nicht um die Menschwerdung geht es auf Erden. Es geht allein um die Buchwerdung.« Dies erfährt Bibli hautnah, und als die Verwandlung vollendet ist, ist er DAS BUCH, das zum Leben erwacht. Er geht nun durch viele Hände und er entdeckt seine Fähigkeit, den Lesern seine Gedanken mitzuteilen. Nach und nach rächt er sich – stellvertretend für die zahllosen Leidensgenossen – am verständnislosen Leser, an der Verlagslektorin, am Kritiker, am Bibliomanen, der nichts im Sinn hat, als Bücher zu horten und sie so dem lebendigen Gebrauch zu entziehen – und seine Rache ist fürchterlich. DAS BUCH – es war immer da und wird für alle Zeiten da sein, auch nachdem Biblis Odyssee dort zu Ende geht, wo sie einst begann. Wen sich DAS BUCH als nächstes Opfer erwählt, weiß es alleine. Der Leser mag, auf den letzten Seiten angelangt, so seine Befürchtungen haben, denn wer sich auf DAS BUCH einlässt, den lässt es nicht mehr los.


Der Autor

geboren 1947 in Altomünster, lebt in München. Er studierte Psychologie, Philosophie und Pädagogik, war sechs Jahre Lehrbeauftragter an der Universität München und ist der Zeit Institutsrektor am Staatsinstitut für Schulpädagogik und Bildungsforschung in München. Er war Mitarbeiter bei dem inzwischen legendären satirischen Monatsmagazin »Pardon«. Er veröffentlichte zahlreiche Bücher, darunter Biographien, Erzählungen, Satiren, Lyrik. 1976 und 1984 wurde er auf der Bestliste zum Deutschen Jugendbuchpreis ausgezeichnet. 1990 erhielt er für sein Gesamtwerk den Kultur- und Literaturpreis München-West, 1995 den Bayerischen Poetentaler. Schweiggert gehört zur Literatenvereinigung »Turmschreiber« und ist Präsidiums-Mitglied dieser Gruppe.

Alfons Schweiggert

# Das Buch

Roman

Dieses Buch erschien erstmals 1989 im Ehrenwirth Verlag, München.

Der Allitera Verlag ist ein BoD™ Verlag der Buch & medi@ GmbH, München. Dieser Verlag publiziert ausschließlich Books on Demand in Zusammenarbeit mit der Books on Demand GmbH, Norderstedt, und dem Hamburger Buchgrossisten Libri. Die Bücher werden elektronisch gespeichert und auf Bestellung gedruckt, deshalb sind sie nie vergriffen. Books on Demand sind über den klassischen Buchhandel und Internet-Buchhandlungen zu beziehen.

Weitere Informationen über den Verlag und sein Programm unter:
www.allitera.de

Juli 2001
Allitera Verlag
Ein BoD™ Verlag der Buch & medi@ GmbH, München
© 2001 Alfons Schweiggert
Umschlaggestaltung: Kay Fretwurst unter Verwendung einer
Illustration des Autors
Herstellung: Books on Demand GmbH, Norderstedt
Printed in Germany · ISBN 3-935284-37-3

*Für alle, die mit Büchern und in Büchern leben,
für Büchernarren, Bibliophile, Bücherwürmer, Bibliomanen,
Büchersammler, Biblioklasten, Bibliophagen, Buchbesessene,
Bibliotaphen, Schriftsteller, Dichter, Lektoren, Verleger, Hersteller, Schriftsetzer, Korrektoren, Buchdrucker, Buchbinder,
Vertreter, Buchhändler, Kritiker, Buchleser,
Bibliothekare, Buchkenner,
Bibliotherapeuten, Bibliagogen, Antiquare,
Bücherwahnsinnige und bücherlose Buchmuffel, –
für sie alle, nur für sie.*

# Erster Teil

Geschicke haben ihre Bücher,
deshalb haben Bücher ihre Geschicke.

OTTO STOESSL
(1875 – 1936)

# I

»Exitus«, stellte der Notarzt sachlich fest. Die Sanitäter legten die Frau auf die Bahre, deckten ein Tuch über Körper und Gesicht und trugen sie hinaus.

Die Gruppe von Neugierigen, die sich angesammelt hatte, zerstreute sich langsam. Allmählich wurde das Geraune wieder lauter, bis es zu dem Lärmpegel angewachsen war, der in diesem Raum und für diese Veranstaltung als üblich angesehen werden konnte. Die Besucher schenkten nach und nach wieder den Objekten ihre Aufmerksamkeit, zu deren Betrachtung sie sich eingefunden hatten, den Büchern, die hier auf dem Flohmarkt zu günstigen Preisen angeboten wurden.

Ein Herr blickte hingegen immer noch zu der Flügeltüre, durch die eben die verstorbene Frau getragen worden war. Dabei konzentrierte er sich auf das Gespräch von zwei Verkäufern, die sich über den Vorfall vernehmlich unterhielten. Der eine erzählte, dass er die Frau dabei beobachtet habe, wie sie plötzlich vor diesem Buch – dabei deutete er auf ein vor ihm auf dem Tisch liegendes Exemplar – gestanden habe. Sie sei bleich gewesen, ihre Augen hätten starr in den Raum geblickt, der Mund sei schmerzhaft verzogen gewesen.

Unmittelbar darauf sei sie leblos zusammengesunken. Der andere schüttelte den Kopf und erklärte seinem Partner, dass dieses Buch vorher

– dessen sei er sich ganz sicher – nicht an dieser Stelle gelegen habe, dass dieses Buch überhaupt nicht aus ihrem Bestand stammen könne, da er es vorher noch nie gesehen habe. Ratlos zog der Erste daraus den Schluss, dass die Frau das Buch an diesen Tisch gebracht haben müsse, womöglich sei es von ihr aus dem Angebot von einem anderen Tisch mitgenommen und im Augenblick ihres Schwächeanfalls hier abgelegt worden. Der andere nahm daraufhin das Buch und erkundigte sich an den Nachbartischen, vermutlich nach seiner Herkunft, bekam aber überall abschlägigen Bescheid. Zwar konnte der Herr nicht genau verstehen, was gesprochen wurde. Aber an den Bewegungen der Hände, an der Mimik und an den Gesten der Sprechenden war leicht der Inhalt des Gesprochenen abzulesen. Da die Erkundigungen des Verkäufers zu keinem Erfolg führten, brachte er das Buch an seinen Tisch zurück und legte es achselzuckend auf den Platz, auf dem es sich bereits vorhin befunden hatte.

Der Herr fixierte das Buch. Es hatte ein übliches Format, nicht zu groß, nicht zu klein, das allgemein als handlich bezeichnet werden konnte. Da der Schutzumschlag fehlte, war lediglich der braune Leineneinband zu sehen. Erdbraun, dachte der Herr, braunrindig, wie gegerbte Haut. Überraschend kam ihm in den Sinn, dass der heute so verbreitete Leinenband erst 1835 von dem schottischen Verleger Archibald Leighton erfunden worden war und die Werke des Dichters Byron angeblich die ersten in Leinen gebundenen Bücher waren.

Jetzt griff der Herr nach dem Buch, blätterte es auf, ohne genau Einblick in den Inhalt zu nehmen oder gar einzelne Textabschnitte anzulesen. Beiläufig fiel ihm der Titel ins Auge. Er lautete lapidar »Das Buch«. Er fragte den ihn aufmerksam beobachtenden Standinhaber, ohne sich lange zu besinnen, nach dem Preis. Er erhielt zur Antwort, dass man sich nicht sicher sei, ob das Buch hierher gehöre. Aber für den Fall, dass sich kein anderer Eigentümer melde, wolle man ihm das Exemplar für acht Mark überlassen. Allerdings bitte man darum, dass er als der neue Besitzer seine Adresse hinterlege, damit man ihn verständigen könne, sollte sich doch noch der wirkliche Eigentümer des Buches melden. Damit war der Herr jedoch nicht einverstanden. Er dankte und entfernte sich von dem Stand. Er schlenderte durch die Halle, sah sich dabei flüchtig an den anderen Büchertischen um, ohne aber Lust zu verspüren, das eine oder andere Exemplar in genaueren Augenschein zu nehmen. Dabei kam er, ohne es eigentlich zu wollen, wieder dem Stand näher, wo sich das Buch befand, das ihn so sehr faszinierte.

Der Händler stand mit dem Rücken zu ihm und unterhielt sich gerade intensiv mit einem Kunden, blätterte diesem mehrere Bücher auf und schien im Augenblick für nichts anderes Augen und Ohren zu haben als dafür, dem Interessenten etwas zu verkaufen.

Der Herr kam an dem Buch vorbei, nahm es ohne zu zögern, ging damit weiter, als wäre es sein Eigentum, versteckte es nicht in der Manteltasche, im Gegenteil, er trug es gut sichtbar vor sich her und verließ die Halle. An der Kasse bat er sogar noch um eine Tragetüte, da er das Buch schonen wolle und vergessen habe, am Stand eine solche zu verlangen. Er bekam sie anstandslos.

Herr Bibli, so hieß der Mann, benutzte die Bahn. Er fand einen Sitzplatz, wagte es aber aus unerfindlichen Gründen nicht, das Buch, wie er es sonst mit gekaufter Lektüre zu tun pflegte, aus der Tüte zu nehmen, um sich bereits während der Heimfahrt damit zu beschäftigen und sich die meist eintönige Fahrzeit dadurch etwas abwechslungsreicher und kurzweiliger zu gestalten. Es war nicht Scham über den Diebstahl, die ihn davon abhielt. Er verwahrte die Tüte, die Öffnung fest mit der rechten Hand umschlossen. Es schien, als transportierte er darin ein Tier, das ihm entkommen könne, wenn er sie, wie es sonst durchaus bei Buchtaschen üblich war, nur an den beiden Haltelaschen fasste. Die haltende Hand war verkrampft und drückte das eingesackte Buch an Herrn Biblis Brust, an die Stelle, wo sich sein Herz befand.

## 2

Als Herr Bibli zu Hause angekommen war, packte er sofort das Buch aus und begann es zu lesen. Das heißt, er las es nicht. Er verschlang es geradezu. Er fand es amüsant, schmunzelte, blätterte immer schneller Seite um Seite weiter. Die Buchstaben und Wörter schienen wie prasselnder Platzregen auf seine Augen einzutrommeln. Wie ausgetrockneter Moosboden Wasser aufnimmt, sogen sie die Zeilen lautlos in sich ein.

Nach etwa zweieinhalb Stunden kam er zum Ende des Buches. Er hatte vergessen, auf die Uhr zu sehen. Er wusste nicht einmal mehr, dass er bei sich zu Hause auf dem Sofa saß. Schon wendete er die letzte Seite, um auch diese geistig aufzunehmen. Aber plötzlich stockte er. Es gelang ihm nicht mehr, den Sinn der Sätze zu begreifen. Er schob dies auf den anstrengenden, ungewöhnlichen Nachmittag, den er hinter sich gebracht hatte, und auf die sich daran unmittelbar anschließende atemlose Lektüre des Buches. Er sah auf und bemerkte wieder, dass er sich in seinem Wohnzimmer befand. Ein Blick auf die Uhr bestätigte ihm, dass weit mehr als zwei Stunden vergangen waren, seit er zu lesen begonnen hatte.

Herr Bibli verspürte Durst. Er ging zum Kühlschrank und holte sich ein Bier. Er trank ein paar Schlucke, gleich aus der Flasche. Dann griff er wieder zum Buch. Abermals schlug er die letzte Seite auf und begann sie zu lesen. Da wurde ihm klar, dass seine Konzentration völlig zusammengebrochen war. Er sah zwar die Sätze, konnte aber deren Aussagen überhaupt nicht mehr entschlüsseln. Schließlich begannen sogar die Buchstaben zu verschwimmen, schienen übereinander gedruckt zu sein, flatterten horizontal und vertikal aus ihrer Position. Dann schien sich die Schrift zu verkleinern und nach weiterem zunehmendem Schrumpfen gänzlich zu verblassen. Herr Bibli mochte es zuerst nicht glauben. Aber je mehr er sich bemühte, seine inzwischen brennenden Augen auf die Zeilen und Lettern zu heften, umso weniger gelang es ihm. Herr Bibli dachte, es sei nun doch an der Zeit, wieder einmal zum Augenarzt zu gehen, um seine Sehkraft kontrollieren zu lassen. Denn allein mit Übermüdung waren die jetzt zu beobachtenden Symptome nicht mehr zu erklären.

Herr Bibli legte das Buch zur Seite. Aber den ganzen Abend zog es seine Blicke auf sich, ja, er verspürte geradezu einen Zwang, hinzusehen, und einige Male ertappte er sich dabei, wie sich seine Finger, ohne dass er es wollte, tastend auf das Buch legten. Plötzlich hielt er es auch wieder in der Hand, und es war ihm nicht bewusst, wie es dahin gekommen war. Er empfand es deshalb fast als selbstverständlich, dass das Buch, als er zu Bett gegangen war und die Nachttischlampe ausknipsen wollte, auf dem Nachtkästchen lag.

Herrn Biblis Schlaf war recht unruhig. Er träumte wirres Zeug vom Flohmarkt, von der toten Frau, die das Tuch zurückschlug und ihn erschreckt anstarrte, Szenen aus seinem Büro, einige sogar recht unschickliche, mit der Sekretärin des Chefs. Dazwischen aber lag oder stand immer wieder das Buch vor ihm. Es fiel vom Tisch. Es wurde ihm gereicht. Er schlug es auf. Er stellte es in ein Regal. Er erblickte es in der Auslage einer Buchhandlung. Er bekleckerte es mit Kaffee. Er entwendete es vom Büchertisch eines Kaufhauses. Er raufte mit einem Unbekannten auf einem Volksfest darum. Er sah es in einem Fluss versinken. Es fing Feuer und verkohlte zu einem schwarzen Klumpen. Es stürzte im Gebirge in eine Felsspalte. Es flog neben einem Flugzeug einher. Es griff ihn tätlich an. Mit einem Schrei erwachte Herr Bibli. Beruhigt stellte er fest, dass er nicht schweißgebadet war. Das Buch lag reglos auf seinem Platz.

Der Rest der Nacht verlief ruhig.

### 3

Nie zuvor hatte ein Buch Herrn Bibli derart in seinen Bann gezogen wie das von ihm auf dem Flohmarkt entwendete. Es war wie ein Zwang, obwohl Bibli das Gefühl nie so beschrieben hätte, der ihn veranlasste, das Buch stets in seiner Nähe zu haben. Es lag auf dem Frühstückstisch, es begleitete ihn in der Aktentasche zur Arbeit, es lag auf seinem Schreibtisch, beim Fernsehen befand es sich auf seinem Schoß und während der Nachtruhe auf seinem Nachtkästchen.

Herr Bibli hatte schon mehrere Jahre Schmerzen im Rücken. Wie der Arzt ihm erklärt hatte, waren dies die Folgen der Verspannungen, die sich auf Grund seiner sitzenden Tätigkeit im Laufe der Zeit entwickelt hatten. Es waren ihm dringend gymnastische Übungen empfohlen worden, zur Linderung seiner Beschwerden und um eine Verschlimmerung zu verhindern. Aber Herr Bibli befolgte den ärztlichen Rat nicht. Er habe keine Zeit, gab er an, nach Arbeitsschluss inmitten einer Gruppe von schwitzenden Männerleibern den Befehlen eines Trainers zu gehorchen. Die Wahrheit war: er hatte nicht die geringste Lust dazu.

Die Rückenschmerzen aber, die Herrn Bibli seit einigen Tagen in zunehmendem Maße plagten, unterschieden sich in ihrer Art von denen die er bisher zu erdulden hatte. Es waren nicht an der Wirbelsäule auf Schultern und Becken ausstrahlende Drucksymptome, sondern eine zunächst prickelnde, dann stechende Spannung entlang der Wirbelsäule, beginnend beim letzten Wirbel des Steißbeins, über das Kreuzbein hinauf zu den Lenden- und Brustwirbeln und auslaufend zu den Halswirbeln bis zum Dreher und Atlas. Der Schmerz war gleichzeitig auf das gesamte Rückgrat verteilt und kam nicht von innen, sondern wirkte als Druck von außen.

Als sich Herr Bibli im Spiegel besah – er fühlte eine

gewisse Unebenheit der Haut in diesem Bereich –, entdeckte er Sonderbares. Entlang der Wirbelsäule erstreckte sich ein rauh strukturiertes Band, handbreit, gemustert mit Tausenden von Punkten und elfenbeinweiß in der Färbung.

Herr Bibli beschloss, einen Arzt aufzusuchen, falls sich diese Symptome nicht innerhalb einer Woche bessern sollten. Er machte sich darüber eine Notiz.

Bibli kontrollierte nicht nur täglich sein Gewicht, indem er sich auf eine Personenwaage stellte, sondern er überprüfte auch einmal monatlich seine Körpergröße. Er tat dies ohne besondere Absicht, mehr aus Gewohnheit. Zu diesem Zweck hatte er im Bad an einer Wand einen Haken eingeschlagen, der ihn am Scheitel berührte, wenn er sich barfuß darunter stellte. Als er dieses Mal die Kontrolle am Ersten des Monats vornahm, berührte sein Scheitel den Haken nicht. Ein Blick in den Spiegel zeigte Herrn Bibli, dass zwischen ihm und dem Markierungseisen in der Höhe etwa zwei Zentimeter Unterschied bestanden. Auch dies konnte Herr Bibli sich nicht erklären. Aber er nahm es zunächst einfach als gegeben hin. Eine tiefergehende Beunruhigung erzeugten beide Phänomene vorerst nicht.

Eher beiläufig blätterte er in einem Band über Bau und Funktion des menschlichen Körpers. Aber er erfuhr im Kapitel »Das Skelett« nur Allgemeines über die Wirbelsäule. Eine Stelle faszinierte ihn besonders. Dort wurde beschrieben, wie früher, als man Verbrecher noch hängte, der Henker, falls der

Gerichtete noch zappelte, seine Tüchtigkeit unter Beweis stellen konnte, indem er von hinten auf die Schulter des Verurteilten sprang und ihm den »Gnadenstoß« durch einen bestimmten Druck ins Genick gab. Das Rückenmark, so las Bibli, wurde durch den Zapfen zerstört, was zum sofortigen Tod führte.

Über das Längenwachstum eines Menschen las Herr Bibli, dass es vom Wachstumshormon der Hirnanhangsdrüse beeinflusst werde. Bei einer Überproduktion dieses Stoffes komme es zu einem Riesenwuchs, bei einer Unterproduktion zum Zwergwuchs. Im Alter erfolge eine gewisse Schrumpfung des Körpers, im Laufe von jeweils zehn Jahren um etwa einen Zentimeter. Das liege daran, dass die Knorpelschichten zwischen den Gelenken und den Wirbeln des Rückgrats allmählich austrockneten.

Herr Bibli aber war erst vierzig Jahre alt.

4

Von einem Tag auf den anderen verlor Herr Bibli das, was ihn in seinen Augen zum Bibliophilen machte. Über zwei Jahrzehnte hatte er erlesene Bücher mit schönen Einbänden und von handwerklich einwandfreier Machart zusammengetragen. Er hatte sich allmählich mit Büchern eingemauert, seine Wände bestanden gleichsam aus Bücherziegeln. Er war stolz darauf, nicht Bibliomane zu sein, der nur auf den Besitz des Außergewöhnlichen aus war. Er investierte nicht nur Zeit und Geld in das Sammeln und wusste alles über Bücher. Im Gegensatz zum Bibliomanen, der nie das Innenleben seiner Schätze kennen lernen will, las er jedes seiner Sammelstücke.

Herrn Biblis Leidenschaft aber ließ ihn nie, dessen war er sich sicher, zum Bibliotaphen werden, der aus einer unbewussten Angst heraus alle gesammelten Schätze versteckt und unter mehrfachem Verschluss hält. Ein an Bibliotaphie Leidender würde nie einem anderen Menschen seine Schatzkammer öffnen. Herr Bibli hingegen zeigte jedem Besucher mit Stolz seine Sammlung und freute sich, wenn das Staunen und die Bewunderung grenzenlos waren.

Wie gesagt, Herr Bibli zählte sich zu den Bibliophilen. Er hatte bisher jedes erworbene Buch als eine besondere Entdeckung gefeiert, und sein Besitz bereitete ihm höchsten Genuss. Obwohl er nur ein Dreizimmerapartment in einem Mehrfamilienhaus bewohnte, fand sich immer noch ein Platz für ein neues Buch.

Aber plötzlich, mit einem Schlag, verloren alle Bücher für ihn ihren Reiz. Mehr noch, er empfand mit einem Male sogar Abneigung vor ihnen, eine Abneigung, die sich so weit verstärkte, dass er sich außer Stande fühlte, seine Bibliothek zu betreten. Dieser Zustand belästigte ihn binnen dreier Tage derart, dass er kurz entschlossen einen Antiquar anrief, der in der Nähe seinen Laden hatte, und ihn zu sich bat. Er habe, so erklärte Bibli, eine größere Menge hochinteressanter Bücher umständehalber abzugeben und bitte um möglichst baldigen Besuch. Der Trödler kam zwei Stunden später. Herr Bibli führte ihn in seine Bibliothek und ließ ihn dort allein. Als der Händler wieder erschien, bot er ohne Umschweife eine Summe von genau fünfzehntausenddreihundert Mark. Aus der Lautstärke seiner Stimme, seiner Körperhaltung und dem unsicheren Blick wäre auch dem Unkundigen sofort klar geworden, dass der Mann einen viel zu niedrigen Betrag angesetzt hatte und dass er ein langwieriges Feilschen erwartete. Doch dazu kam es nicht. Herr Bibli meinte, es sei so in Ordnung. Er wünsche aber, dass die Bücher sofort aus seiner Wohnung gebracht würden.

Der Trödler, der mit seinem PKW gekommen war, bat, seine Nervosität nur schlecht verbergend, im Geschäft anrufen zu dürfen. Es würde sofort ein Lieferwagen kommen und die Ware abholen. Während alle Bücher von den Angestellten des Händlers leise und rasch in Kisten verpackt und aus dem Haus getragen wurden, schrieb dieser eine Vereinbarung, die Herr Bibli wortlos unterzeichnete. Danach erhielt er einen Scheck über die abgesprochene Summe, den er achtlos auf die Ablage des Küchenbüfetts legte.

Der Mann verabschiedete sich in Eile und verschwand. Alles hatte nicht länger als zweieinhalb

Stunden gedauert und war in eigenartiger Ruhe abgelaufen. Die Situation darf durchaus gespenstisch genannt werden.

Herr Bibli ging danach mit langsamen, schweren Schritten und starrem Gesichtsausdruck in seine leere Bibliothek. Dabei kam ihm Ciceros Ausspruch in den Sinn: »Ein Zimmer ohne Bücher ist wie ein Körper ohne Seele«, der ihn jedoch nicht beunruhigte, eher amüsierte. Er setzte sich an den Schreibtisch und zog eine Schublade auf. Geistesabwesend entnahm er ihr das Buch, das er auf dem Flohmarkt entwendet hatte. Er blickte es an, schien es aber nicht zu sehen. Die beiden waren in dem Raum allein.

Als Biblis Freunde von dem seltsamen Entschluss erfuhren, konnten sie seine Entscheidung nicht fassen. Einige besuchten ihn, andere riefen ihn mehrmals an, um ihn nach dem Grund für diesen Schritt zu fragen, wieder andere schrieben ihm besorgte Briefe, angereichert mit klugen Zitaten wie »Ohne eigene Bücher zu sein ist der Abgrund der Armut. Verweile nicht darin!« (John Ruskin). Bibli stellte bei allen eine ungeheure Neugier, ein von vibrierender Spannung geprägtes Forscherverhalten fest. Es hatte den Anschein, als gäbe es für seine Umgebung im Augenblick nichts Wichtigeres als ihn und sein Verhalten. Man wollte nicht nur seinen Entschluss verstehen, man versuchte sein Wesen zu durchdringen, man bemühte sich, von seinen Kindheitserfahrungen die jetzt bei ihm beobachteten Verhaltensweisen abzuleiten.

Eine Bekannte formulierte die Bestrebungen der Umwelt seine Person betreffend nach Biblis eigenen Worten am präzisesten, als sie ihm zu verstehen gab, dass er für sie und die meisten, die ihn kannten, im Augenblick wie ein verschlüsseltes Buch mit sieben Siegeln sei, dessen Inhalt sie und die anderen zu enträtseln bemüht seien. Das müsse er doch begreifen.

Bibli versuchte, die Absichten der ihm nahe stehenden Menschen positiv zu beurteilen. Wie ein Buch, dazu noch ein verschlüsseltes, mochte er sich vielleicht fühlen, aber die Aufregung seiner Umgebung ließ ihn kalt.

## 5

Die Nächte der letzten Tage verliefen für Herrn Bibli unruhig. Er hatte entnervende Träume. Manche kamen dem, was man allgemein unter Albträumen versteht, sehr nahe. Mehr als einmal drehten sich die Themen seiner nächtlichen Fantasien um Bücher, was auf Grund der jüngsten Erlebnisse nicht weiter verwunderlich gewesen wäre, hätte nicht ein Traum stattgefunden, der sich in mehreren Nächten bis in die letzte Einzelheit in genau derselben Abfolge der Geschehnisse wiederholte, dessen Hauptfigur zudem eine war, die Herr Bibli mittlerweile bestens kannte: das Buch.

Das Buch, so träumte Bibli jedesmal, lag, das wusste er genau, obwohl er es zunächst nicht sah, in der Schublade seines Schreibtisches, der in der bücherleeren Bibliothek stand. Plötzlich öffnete sich, wie von Geisterhand bewegt, die Lade, und Bibli sah das Buch liegen. Zunächst verharrte es reglos, aber mit einem Male kam Bewegung in den Band. Er quoll auf, bauchte sich an den Einbanddeckeln und platzte schließlich an bestimmten Stellen auf, reifen Geschwüren nicht unähnlich. Aus den aufgebrochenen Stellen wuchsen wurmähnliche Fortsätze heraus, zwei am unteren Ende, je einer an der rechten und der linken Seite des Buches, der Letzte am oberen Ende. Die Stummel begannen sich an den Spitzen in weitere Fortsätze zu gliedern, und Herr Bibli erkannte plötzlich, dass es Finger waren, die rechts und links herauswuchsen, und Zehen an der unteren Seite, während sich der obere knollenartige Zapfen verdickte und eine kopfähnliche Form annahm. Bibli sah, wie sich darin Schlitze für Augen und Mund entwickelten und schließlich aufplatzten. Böse funkelnde Augäpfel mit Pupillen blitzten aus den Spalten, der Mund brach auf, weitete sich zu einem Maul, öffnete sich, wurde aufgerissen, scharfe Reißzähne erschienen im Ober- und Unterkiefer, und ein gellender, spitzer Schrei quoll aus dem Rachen, dessen Lautstärke so unerträglich wurde, dass Herr Bibli um sein Gehör zu bangen begann, die Hände auf die Ohren presste, die Augen verschloss und die Lider zusammendrückte bis sie schmerzten, worauf er jedesmal erwachte und keuchend aus den Kissen hochfuhr, bis er nach einigen Minuten begriff, dass es sich bei diesem Erlebnis nur um einen Traum gehandelt hatte. Die Geburt eines Menschen aus einem Buch schien Herrn Bibli im Wachzustand jedoch weniger zu beunruhigen denn im Schlaf, als er den Ablauf der Verwandlung als ungeheuerlichen, schamlosen, ja als geradezu perversen Vorgang empfunden hatte.

Dieser Traum wiederholte sich in fünf Nächten, dann blieb er aus, obwohl Bibli sich in der sechsten Nacht geistig fest darauf eingestellt hatte, die Prozedur ein weiteres Mal durchleiden zu müssen. Eine Woche später träumte Herr Bibli dann einen anderen Ablauf, der allerdings nicht mehr so vergleichsweise harmlos war wie die vorhergegangenen, von ihm bereits als Albträume empfundenen Verwandlungen.

Abermals begann die Szene vor der Schublade in der bücherleeren Bibliothek. Doch dieses Mal öffnete sie sich nicht, auch wenn Bibli mit geradezu unerträglicher Spannung darauf wartete, da ihm das Unterbewusstsein die Erinnerung an die früheren Träume freigab.

Die Schublade blieb geschlossen, und dennoch spürte Bibli gleichsam hautnah, wie sich in ihr die Verwandlung des Buches vorbereitete und wie das Geschehen in die Eröffnungsphase eintrat. Er empfand es körperlich, ohne zunächst zu wissen, weshalb, bis er, eher zufällig, auf seine Füße blickte. Er sah seine nackten Zehen, die zu schrumpfen begannen und sich zurückzuziehen schienen wie Schnecken in ihre Kalkhäuser. Das Entsetzen Biblis war so gewaltig, dass er erst mit einiger Verzögerung wahrnahm, wie dieser Vorgang sich mit den Fingern beider Hände wiederholte. Mit den Handstümpfen griff er sich stöhnend an den Kopf, zuckte aber im selben Augenblick zurück, da er fühlte, wie der Schädel zu schrumpfen begann. Die Sehkraft der Augen ließ nach, der Schrei, der aus seinem Mund hervorbrechen wollte, erstickte zu einem keuchenden, dumpfen Laut. Und dann fühlte sich Bibli durch die Ritzen der Schublade ins Innere gezogen, wo er trotz der Dunkelheit mit dem verlöschenden Blick seiner vertrocknenden Augen das Maul wahrnahm, das sich dort drinnen öffnete, aufgerissen wurde, scharfe Reißzähne entblößte und einen gellenden, spitzen Schrei hervorquellen ließ, der nicht mehr aus dem Rachen dieses verwandelten Wesens zu kommen schien, sondern aus ihm, aus Bibli selbst, der fühlte, wie er, seiner Gestalt beraubt, zu einer leblosen, verschrumpelten Masse verklumpte, während sich aus der Schublade das menschgewordene Buch zu befreien suchte. Bibli wachte nicht auf. Denn plötzlich war Leere in seiner Traumwelt, eine dumpfe Stille, eine beklemmende Atmosphäre. Er konnte sich nicht mehr bewegen, schien unfähig geworden zu schlafen und unfähig aufzuwachen. In dieser unentschiedenen Empfindung quälte er sich durch den Rest der Nacht.

Es war später Vormittag, als Herr Bibli langsam, wie aus einer Narkose erwachend, von Übelkeit geplagt, in die Wirklichkeit zurückdämmerte. Das Erste, was er von seiner Umgebung bewusst wahrnahm, war das Buch. Es lag auf dem Nachtkästchen und bestätigte in dieser Position die Ordnung der Dinge.

## 6

Herr Bibli war nicht im Stande aufzustehen, er fühlte sich zerschlagen. Als er in seinem Körper stechende Schmerzen registrierte, die an Häufigkeit und Intensität ständig zunahmen, geriet er in Panik.

Er dachte an seine Träume und war sich mit einem Male sicher, dass sie wahr werden würden. Er sprach aber nicht einmal in Gedanken aus, was er längst wusste. Er wehrte sich nur mit aller Gewalt dagegen, von dem Buch besessen zu werden, das reglos auf dem Nachttisch ruhte. Lag es denn noch still? Herr Bibli warf sofort einen prüfenden Blick auf den Platz, an dem das Buch sich befand. Da sah er, wie es sich zitternd, vibrierend, pulsierend auf ihn zuschob. Er wich entsetzt zurück, wehrte sich mit Händen und Füßen gegen eine Macht, die er in sich anwachsen fühlte, stieß hervor: »Ich will nicht«, bäumte sich auf, verließ das Bett, sah sich nicht nach dem Buch um, strebte mit tappenden Schritten der Schlafzimmertür zu, erreichte den Flur, suchte mit den Augen einen Halt an der Wand, entdeckte das Telefon, wankte darauf zu, ergriff zitternd den Hörer, wählte mit unsicheren Fingern die Nummer des Notrufes, hörte eine Stimme, verstand nicht, was sie sagte, keuchte: »Mir geht es schlecht, schicken Sie jemanden«, nannte wohl, ohne sich selbst noch zu hören, seine Adresse, fühlte sich von einem Schwindelanfall in den Strudel der Besinnungslosigkeit gerissen, wehrte sich nicht mehr, obwohl er noch rief: »Nein!«, knickte mit den Beinen ein, schlug mit dem Kopf an die Türkante, riss das Telefon von der Ablage und lag schließlich bewusstlos am Boden.

Der Notarztwagen hielt Minuten später vor dem Haus. Man fand Herrn Biblis Türe verschlossen. Der Hausmeister war nicht greifbar. Die Feuerwehr wurde verständigt. Sie öffnete die Tür mit Gewalt. Herr Bibli wurde sofort untersucht. Er lebte noch, der Atem ging jedoch langsam. Der Puls war kaum noch zu ertasten. Der Notarzt leitete sogleich erste Hilfsmaßnahmen ein. Dann wurde Herr Bibli auf der Tragbahre in den Krankenwagen verfrachtet und auf dem schnellsten Weg in die Klinik gebracht. Auf der Intensivstation wurde sein Kreislauf allmählich regelmäßiger. Akute Lebensgefahr bestand für den Patienten im Augenblick nicht mehr. Da zwei andere schwere Notfälle eingeliefert wurden, schenkte man ihm nur noch die unbedingt nötige Aufmerksamkeit.

## 7

Herr Bibli stand ab sofort unter ständiger Beobachtung. Es schien ihm, als würden ihm mit der Zeit alle Fachärzte der Klinik vorgestellt, die seinen Körper mittels Röntgenaufnahmen, Diagrammen, Blutbildern und anderen Messungen systematisch untersuchten. Wie der Inhalt der Tablettenschale zeigte, die ihm allabendlich gereicht wurde, wollte man offenbar sämtliche Pillen in allen Größen und Farben an ihm ausprobieren. Irgendwie besserte sich auch Herrn Biblis zustand in den ersten Tagen allmählich. Die Ärzte aber konnten trotz genauester Untersuchungen keine eindeutige Diagnose stellen. Sie waren ratlos und äußerten ständig wechselnde Vermutungen, nach denen sich auch die Behandlungsversuche und die Medikation richteten.

Herr Bibli erzählte nichts von seinen Träumen. Er schwieg über seine Beobachtungen. Er verheimlichte jedem seine Befürchtungen. Er stellte lediglich mit Erleichterung die zunehmende Besserung seines allgemeinen Befindens fest.

Das Essen war gut und reichlich. Zeitungslektüre und ein abwechslungsreiches Fernsehprogramm vertrieben ihm die Zeit. Er lag in einem Einzelzimmer, auf ausdrückliche Anordnung der Mediziner, die kein Risiko eingehen wollten, falls es sich bei Herrn Biblis Leiden um eine ansteckende Krankheit handeln sollte.

Bücher aus der Krankenhausbibliothek lehnte Bibli energisch ab, auch wenn ihm die Krankenschwester anbot, ihm gerne eine ihn ansprechende Lektüre zu besorgen. Besuch bekam Herr Bibli nicht. Als sich mehrere Freunde und Bekannte nach einer Besuchsgenehmigung erkundigten, wurde ihnen keine Erlaubnis erteilt. Zunächst jedenfalls nicht.

Nach zwei Wochen, als sämtliche Symptome abgeklungen waren und der Gesundheitszustand als optimal bezeichnet wurde, ließ man auch Besuch zu dem Patienten.

Es war ein Studienfreund, der als Erster erschien und sich nach Biblis Befinden erkundigte. Er brachte keine Blumen mit, wohl aber etwas Essbares, vielleicht handelte es sich um Obst oder Kekse, da er eine Tüte ins Zimmer trug. Herr Bibli schaute neugierig darauf, aber der Besucher schien gleichwohl nicht gewillt, ihren Inhalt sofort preiszugeben.

Er erzählte ihm vielmehr, dass er seine Reinigungsfrau gebeten habe, in Biblis Wohnung etwas aufzuräumen, damit er bei seiner Rückkehr aus der Klinik geordnete Verhältnisse antreffe. Er hoffe, so fügte er etwas beunruhigt hinzu, dass ihm dieses unerlaubte Eindringen nicht übel genommen werde. Bibli verneinte und dankte ihm für die wohl gemeinte Fürsorge. Der Besucher berichtete, dass er beim Aufräumen zugegen gewesen sei, damit nichts wegkäme, man wisse ja nie so recht, wie ehrlich heutzutage Hauspersonal sei. Dabei habe er, und nun zog der Besucher die Tüte auseinander, griff hinein und holte den Inhalt heraus, dieses Buch auf dem Nachtkästchen liegen sehen und es ihm heute mitgebracht. Er habe gedacht, Herr Bibli würde gerne darin weiterlesen, da er sicher infolge des unerwarteten Zwischenfalls mit der Lektüre nicht zu Ende gekommen sei.

Bei diesen Worten legte er das Buch auf den Nachttisch des Kranken. Bibli erbleichte, starrte auf das Buch, sagte kein Wort, begann dann aber zu wimmern, steigerte diese Laute zu einem leisen Schrei, schloss die Augen, bäumte sich auf und fiel besinnungslos in die Kissen zurück. Der Besucher erhob sich erschrocken und ratlos, wollte dann zur Türe. Diese aber wurde bereits aufgerissen. Die Schwester erschien, bat den Mann den Raum zu verlassen, betätigte die Notglocke und kümmerte sich umgehend um den Bewusstlosen.

Wenige Augenblicke später erschienen Ärzte, Schwestern und Pfleger im Laufschritt. Herr Bibli wurde eiligst auf die Intensivstation gebracht und untersucht. Obwohl die Ärzte nichts feststellen konnten, ließ man ihn aus Sicherheitsgründen noch unter strenger Beobachtung. Die Krankenschwester teilte dem Besucher mit, es sei nur ein Schwächeanfall gewesen. Vermutlich habe ihn der Besuch überanstrengt.

Das Krankenzimmer wurde in Ordnung gebracht. Das Buch legte die Schwester in die Schublade des Nachtkästchens und schob sie zu. Bevor sie aus dem Raum ging, vergaß sie nicht, ein Fenster zu kippen, um frische Luft ins Zimmer zu lassen.

8

Die Ärzte waren mit Herrn Biblis Gesundheitszustand bald wieder zufrieden. Die geringfügige Gewichtsabnahme erklärten sie mit der noch anhaltenden leichten Appetitlosigkeit. Was die Körpergröße betraf, so führten sie die ein wenig abweichenden Messergebnisse auf eine Nachlässigkeit der Schwester zurück, die bei dem Patienten täglich das Gewicht zu überprüfen pflegte, infolge der Erkrankung einer Kollegin derzeit aber etwas überlastet und daher wohl auch überfordert war.

Herr Bibli, der über heftige Rückenschmerzen klagte, wurde bei der täglichen Visite von dem Dienst habenden Arzt untersucht und dahingehend beruhigt, dass seine Wirbelsäule, die bereits vor seiner Einlieferung in die Klinik Schädigungen aufgewiesen habe, durch die von ihm bevorzugte Rückenlage zusätzlich stark belastet sei. Auch die rauhe Beschaffenheit der Hautoberfläche in diesem

Bereich, die rötlichen, stichgroßen Flecken und die Erblassung der Haut seien darauf zurückzuführen. Die schwarzen Tupfen an manchen Stellen hielt der Mediziner für Hautunreinheiten oder beginnende Leberflecke, die in Zukunft beobachtet werden müssten. Der Arzt empfahl Herrn Bibli dringend, nach seiner Entlassung aus dem Krankenhaus etwas für die Stabilisierung seiner Wirbelsäule zu tun, da die Schmerzen sonst im Laufe der Jahre weiter zunehmen würden.

Als Herr Bibli wissen wollte, wann er mit seiner Entlassung aus der Klinik rechnen könne, wurde ihm vorerst kein verbindlicher Termin genannt. Eine weitere Beobachtung seines Zustandes sei auf jeden Fall notwendig, da eine eindeutige Diagnose noch nicht gestellt werden könne und man einen unerwarteten Rückfall, der unter Umständen irreparable Schäden zur Folge haben würde, unbedingt vermeiden wolle. Herr Bibli stimmte zu, da er sich bei ehrlicher Überprüfung seines Befindens selbst nicht als genesen bezeichnen konnte. Er fühlte sich müde und schlaff, schob dies auf seine Rückenschmerzen und brachte seinen Zustand auch mit Unregelmäßigkeiten des Kreislaufs in Verbindung.

So verging Tag um Tag, eintönig, unterbrochen nur von den regelmäßigen Mahlzeiten, morgens, mittags, nachmittags und abends, ein wenig aufgelockert auch durch die Morgentoilette, die Visite der Ärzte und die Fürsorge der Zimmerschwester, die entweder sein Bett aufschüttelte oder zum Lüften die Fenster kippte, das Fieber und den Blutdruck maß und ihm in einer aufgefächerten Schale seine tägliche Tablettenration brachte. Die Zeitungslektüre und regelmäßiges Fernsehen lenkten den Patienten etwas von der Gleichförmigkeit seines derzeitigen Lebens ab.

Als Herr Bibli in der Schublade seines Nachttisches nach einem Taschentuch suchte – er wollte sich die Nase putzen –, erblickte er das Buch. Er erschrak nicht, war nur leicht überrascht. Und nach einer Weile lächelte er sogar spöttisch, befreite das Buch aus seinem Gefängnis, legte es auf das Nachtkästchen und blätterte mitunter auch gedankenverloren darin, jedoch ohne zu lesen.

Da erinnerte er sich an seinen Schwächeanfall, als ihm der Studienfreund bei seinem Besuch das Buch überreicht hatte. Er empfand ihn jetzt als eine überempfindliche Reaktion. Es hatte ihn auch seither niemand mehr besucht. Vielleicht sollte ein weiterer ähnlicher Zwischenfall vermieden werden.

Herr Bibli verlangte auch gar nicht nach einem Besuch. Die Schwester schien zwar täglich eine diesbezügliche Frage von ihm zu erwarten, unterließ es aber, den Patienten darauf anzusprechen.

Herr Bibli hatte infolgedessen viel Zeit, seinen Gedanken nachzuhängen. Dies gehörte bereits zu seinem festen Programm an jedem Tag. Während seiner Grübeleien hielt er stets das Buch in Händen, was ihm meist gar nicht zu Bewusstsein kam.

## 9

Herr Bibli bemerkte, dass ihm die Ärmel seines Schlafanzuges zu lang geworden waren, auch die Hosen standen nicht nur am Boden auf, sondern falteten sich mehrfach ziehharmonikaförmig und boten einen eigenartigen Anblick, wenn der Patient aufrecht stand. Die Abnahme seiner Körpergröße und seines Gewichtes erfolgte indes so unauffällig, dass die Schwestern und Ärzte sie nicht als Besonderheit vermerkten. Herrn Bibli blieben diese körperlichen Veränderungen nicht verborgen, zumal sie nach wie vor von Verspannungen in Muskeln und Knochen begleitet waren.

In den Nächten wurde er zwar nicht von Albträumen geplagt. Er konnte sich an überhaupt keine Träume erinnern, führte dies allerdings auf die Tablettenration zurück, die zweifellos auch Schlafmittel enthielt, die dem Patienten, und damit wohl auch dem Krankenhauspersonal, eine ungestörte, tiefe Nachtruhe ermöglichen sollten.

Herr Bibli schlief aber nicht nur nachts, auch am Tage nickte er des Öfteren ein und dämmerte in mehr oder weniger langen und intensiven Schlafphasen durch Vormittag und Nachmittag. Bei Einbruch der Dämmerung steigerte sich sein Bedürfnis nach Ruhe und wurde nur kurzfristig durch das Abendessen und die Vorbereitung der Schwester für die Nachtruhe unterbrochen.

Auf diese Weise hatte Bibli Zeit, ohne Hektik und

auch ohne besondere Beunruhigung über seinen gesundheitlichen Zustand, die körperlichen Veränderungen und den zu erwartenden Wandlungsprozess seiner Persönlichkeit nachzusinnen. Er kam nicht mehr von dem Gedanken los, dass er nach seiner Begegnung mit dem Buch und durch die mit diesem eingegangene enge Beziehung ein anderer geworden sei – oder vielleicht auch erst werden würde. Er sah keine Möglichkeit, sich aus dieser schicksalhaften Verbindung zu lösen. Ebenso wenig machte er Anstalten, sich von dem Buch zu trennen, denn er fühlte, dass seine Veränderung, die er als tief greifend empfand, sich dadurch nicht mehr würde aufhalten lassen.

Eines aber fragte er sich unablässig: warum gerade er dieses Schicksal zu tragen habe, ob vielleicht irgendwelche Anzeichen in seiner Vergangenheit erkennen ließen, dass er für diese Entwicklung prädestiniert sei. Bibli glaubte nämlich nicht an blinde Zufälle im Leben eines Menschen, er war überzeugt, dass alles vorherbestimmt sei – wenngleich dabei Umwelteinflüsse und Erziehungsfaktoren gewiss eine mitbestimmende Rolle spielten.

Allerdings empfand er mehrmals fast eine Ohnmacht, die ihn deprimierte, wenn er sich bewusst machte, dass das Buch, das er in den Händen hielt oder nahe bei sich liegen hatte, ihm bei der Lösung aller seiner Fragen in keiner Weise eine Hilfe war.

# Zweiter Teil

Das Buch, die tote Person,
hat vor den lebendigen
große Vorzüge voraus.

RUDOLF VON IHERING
(1818 – 1892)

## 10

Biblis Vater hatte seine Frau als Erster darauf aufmerksam gemacht, dass es immer so aussehe, als würde der Sohn in den Büchern die Geschichten abriechen. Bibli war damals fünf Jahre alt. Ein paar Tage später ging er mit unsicheren Schritten umher, weil sich der Fußboden nicht mehr an der Stelle befand, wo er bisher für ihn gewesen war. Aber das konnte ihn nicht erschüttern, im Gegenteil: es erfüllte ihn mit Stolz, dass er in seinem Alter schon eine Brille bekommen hatte.

Seine beiden älteren Brüder besaßen noch keine, und er musste ihnen, die ihren Neid kaum zu verbergen wussten, immer wieder seine Brille zeigen. Sie probierten sie auf, nahmen sie aber rasch wieder ab, da ihnen der Blick durch die Gläser unangenehm war, ja vielleicht sogar Schmerzen bereitete. Biblis Eltern beobachteten das Verhalten ihrer Söhne amüsiert. Der jüngste vertiefte sich seit dieser Zeit noch mehr in Bücher, als er es bisher schon getan hatte. Er konnte zwar noch nicht lesen, aber er imitierte das Lesen, schlug die Bilder- und Geschichtenbücher feierlich auf, hielt sie in der richtigen Entfernung von sich, bohrte seine Blicke mit Interesse in die schwarzen Schriftzeichen und erholte sich von den anstrengenden Entzifferungsbemühungen, indem er sich lange alle Bilder ansah.

Bald gelang es ihm auch, die ersten Worte zu

lesen, wie Hut, Lob, Buch. Dies steigerte natürlich seine Begeisterung für Bücher. Die Bemühungen um die Enträtselung der Schriftbilder galten ihm als Spiel. Er berührte gern das Papier der Buchseiten, fühlte seine Glätte und Stärke. Er roch das Holz aus den Blättern, vermischt mit dem Kleister der Bindung und der Druckerschwärze der Buchstaben, und er saugte die Mischung dieser Düfte genießerisch ein. Er hatte Spaß am Gewicht der Bücher, an den leichten, dünnen, mehr noch aber an den schweren, dickleibigen, die er kaum zu halten und zu tragen vermochte.

Besonders aber war er in die Schriftzeichen verliebt, die rußschwarz auf das Papier gebannt waren. Der Umgang mit den Büchern versetzte Bibli bisweilen in eine Erregung, die sich zusammensetzte aus der Neugier und dem Drang, alle Zeichen zu begreifen, und aus der Enttäuschung, dies alleine noch nicht bewältigen zu können.

War diese Spannung am Höhepunkt angelangt, stürzte er mit dem Buch zu seiner Mutter und gab nicht eher Ruhe, als bis sie ihm die aufgeschlagene Geschichte vorlas, wobei er sich eng an sie schmiegte, um über den Kontakt mit der Vorleserin möglichst eins zu werden mit dem Buch. Rätselhaft war ihm dabei immer, dass alle Geschichten, sooft sie ihm seine Mutter auch vorlas, gleich blieben und kein Wort sich änderte, mochte auch lange Zeit zwischen den beiden Lesungen vergangen sein.

Bald war ihm klar, dass die Wörter Macht

besaßen, die Geschichten in den Büchern festzunageln. Solange sie sich nicht veränderten – und das taten sie nicht –, konnten auch die Geschichten das Buch nicht verlassen, es sei denn durch das Vorlesen, wobei er ihnen durch sein Zuhören Einlass in seinen Kopf gewährte, wo sie sich festsetzten und ihm nicht mehr aus dem Sinn gingen.

Erstaunlich schnell vervollkommnete Bibli seine Lesefertigkeit und tastete sich von den Dreibuchstabenwörtern über die längeren zu gewaltigen Wortgebilden vor, deren Entzifferung ihm immer weniger Mühe bereitete und ihn die Tore zu neuen und spannenderen Abenteuern immer leichter durchschreiten und bald schon durcheilen ließ.

Mit zunehmendem Alter empfand er auch die magische Kraft der Wörter stärker, vergaß manchmal, dass er ein Buch in Händen hielt, lebte in der Geschichte, wurde zu einem Teil von ihr und erwachte wie aus einem Traum, wenn er es nach der letzten Seite schloss. Dann hielt er nichts als ein Buch, einen Stapel von beschnittenen Blättern aus bedrucktem Papier, der zwischen zwei Buchdeckeln fest gehalten war. Er blätterte ihn auf, sprach sich einige der Wörter auf den Seiten laut vor und war enttäuscht von ihrer Kraftlosigkeit. Doch kaum waren sie in einer entsprechenden Reihenfolge angeordnet, formten sich Sätze, Abschnitte, Kapitel und ließen eine Welt entstehen, die seinen Kopf zu erhitzen vermochte, weil er alles genau sah, hörte, fühlte, spürte und erlebte.

Zwar schien Bibli den Ablauf des Lesens zu durchschauen, aber wenn er ein neues Buch aufschlug und auf der ersten Seite die ersten Worte zu lesen begann, die seine Gedanken zu den nächsten Worten weiterreichten und ihn mit Neugier, Scheu und Vorfreude erfüllten, vergaß er, dass er las.

Auch vor jenen Büchern hatte er Achtung, die ihn enttäuschten oder verärgerten, von deren Versprechungen er sich hinters Licht geführt fühlte und die er nicht in seinen Freundeskreis aufnahm. Aber um den Wert eines Buches zu erkennen, musste er es kennen lernen. Und manches, das ihn bei der ersten Begegnung nicht ansprach, das er zunächst nicht lesen wollte, hatte ihn im Laufe der Lektüre derart überzeugt, dass es in der Folge zum Kreis seiner engsten Freunde zählte.

Unaufhaltsam wurde Lesen für Bibli zu einer täglichen Gewohnheit, mehr noch: zu einem Bedürfnis, ohne dessen regelmäßige Befriedigung er sich sein Leben nicht mehr vorstellen konnte. Lesen war an allen Orten möglich, im Zimmer, in einem Baumhaus, auf der Wiese, am Ufer eines Sees, auf dem Speicher – auch auf dem Friedhof zu lesen reizte ihn.

Es war nie ein lautloses Geschehen. Die Nebengeräusche mussten zum Inhalt des Buches passen, so einmal Vogelgezwitscher oder das Tropfen eines Wasserhahns, dann wieder Windgeräusche, das Gewirr von Menschenstimmen, häufig auch leise Musik im Radio.

Bibli hatte sich auch schon zu allen Tageszeiten

in Bücher vertieft, nicht nur nachts im Bett, während ihm vor Müdigkeit fast die Augen zufielen. Er las abends in der Badewanne, morgens beim Frühstück, am Vormittag in der Bahn, während des Abendessens oder nachmittags im Wartezimmer eines Arztes.

Frühzeitig wurde ihm von verschiedenen Seiten, von Eltern, Lehrern, Kameraden bestätigt, er sei ein Bücherwurm, eine Leseratte, ein Geschichtenfresser. Diese Titel hatte er nie als Beleidigung empfunden, im Gegenteil, sie hatten sein Vergnügen an Büchern noch gesteigert.

Nach der Lehr- und Gesellenzeit des Lesens entwickelte sich Bibli zum Meister, nicht ernannt und offiziell anerkannt, wie dies am Höhepunkt der Berufslaufbahn zu geschehen pflegt, sondern Bibli wusste eines Tages, dass ihm beim Lesen kaum noch jemand neue Impulse zu geben vermochte, es sei denn, es handelte sich um ein neues Buch.

Ganz gleich, in welcher Situation sich Bibli befand, ob in euphorischer oder depressiver Stimmung, ob in einer schwierigen Lage oder in einer gelockerten Atmosphäre, zu jeder Zeit war es ihm möglich, nach einem Buch zu greifen und durch die Lektüre den augenblicklichen Zustand, sofern es sich um einen positiven handelte, noch zu intensivieren oder aber, in einer negativen Phase, deren Auswirkungen weitgehend abzuschwächen oder sogar in konstruktive Bahnen zu lenken.

Herr Bibli hatte nach und nach einen Schutzwall

von Büchern um sich errichtet, sich mit dicht gefüllten Regalen gegen Lärm und andere Unzulänglichkeiten der Außenwelt abgeschirmt. Allein der Anblick der Buchrücken hatte eine beruhigende Wirkung auf ihn und befriedigte wie ein gelungenes Kunstwerk sein ästhetisches Empfinden.

Beinahe täglich sorgte er dafür, seine Sammlung zu erweitern, bisweilen auch umzuordnen, was ihm stets tiefe Zufriedenheit gab.

## 11

Bibli konnte sich durchaus vorstellen, wegen eines Buches, das er besitzen wollte, jemanden zu ermorden. Er hatte von dem Antiquar Don Vicente gehört, dem im Jahre 1835 der Prozess gemacht worden war, weil er in seiner nicht zu bändigenden, leidenschaftlichen Gier nach dem Besitz von Büchern auch vor Straftaten nicht zurückschreckte, und das, obwohl er Mönch war und dazu Verwalter der Bibliothek im Kloster Poblet bei Tarragona.

Er hatte mehrere Morde begangen, so an einem spanischen Gemeindevorsteher, an dem Antiquar Augustino Patxot, an einem Landpfarrer und an anderen, nur um bestimmte Bücher, die er besitzen wollte, an sich zu bringen. 1836 wurde Don Vicente für seine Untaten gehängt und so seinem Bücherwahn ein gewaltsames Ende gesetzt.

Herrn Bibli bereitete es keine Mühe, sich in die Wahnvorstellungen des Don Vicente einzufühlen, war er doch selbst in ähnlicher Weise von einer fast krankhaften Sucht nach Bücherbesitz befallen. Dies äußerte sich darin, dass er seine Freizeit fast ausschließlich mit Büchern verbrachte. Er verlebte seine Tage in Buchhandlungen und in Bibliotheken, studierte Buchkataloge, verfolgte die Buchproduktionen sämtlicher Verlage, las unaufhörlich alles Greifbare über Bücher, mehr noch in ihnen selbst, und eignete sich mit der Zeit ein immenses Wissen auf diesem Gebiete an.

Es verging zunächst kaum eine Woche, in letzter Zeit oft nicht einmal mehr ein Tag, an dem er nicht irgendein Buch käuflich erwarb, so dass sich die Regale überall in der Wohnung immer mehr füllten und kaum noch eine Lücke frei war. Er erstand dabei nicht nur wertvolle Literatur, die renommierte Autoren verfasst hatten oder die, von der Kritik hoch gelobt, augenblicklich in aller Munde war. Viel öfter griff er nach kaum bekannten Büchern, die vielfach zu herabgesetzten Preisen zu haben waren und die nicht selten nur noch als Einzelexemplare in kleinen Buchhandlungen angeboten wurden.

Er bevorzugte auch keine besonderen Literaturgattungen, sondern ließ sich von dem gesamten Erscheinungsbild zum Kauf animieren. So konnten ein Titelbild, die Qualität des Einbandes, einzelne Abschnitte des Inhaltes, das Format und die Stärke des Buches, der Klang eines Autorennamens, das Erscheinungsjahr oder die Illustrationen im Innenteil für seine Wahl den Ausschlag geben.

Auf diese Weise hatte Bibli ein Sammelsurium von Büchern zusammengetragen, unter denen der Kundige sowohl begehrenswerte Raritäten hätte finden können als auch Titel, die zumindest aus heutiger Sicht als wertlos erachtet würden. Auf jeden Fall hätten Langzeitbeobachter Herrn Bibli eher wegen seiner Buchhamsterkäufe belächelt als ihn wegen seiner Bibliomanie geachtet, die ihn zweifellos befallen hatte.

Bibli machte sich darüber keine Gedanken. Ihm fiel nur auf, dass ihm eine Befreiung aus der selbstgewählten Isolation seiner Bücherwelt von Tag zu Tag immer weniger möglich schien.

Ein Besucher hätte bei ihm wohl Ähnliches beobachtet wie jener deutsche Reisende 1692 im Hause eines der eigenartigsten Bibliomanen, des Florentiner Gelehrten Magliabechi, der darüber Folgendes zu berichten wusste:

»In Florenz führte uns der berühmte Bibliothekar Magliabechi insbesondere durch die großherzogliche Bibliothek. Endlich auch in seine eigene. Darinnen sah es gar wunderlich aus, und habe ich niemals eine solche Unordnung gesehen, werde sie auch nie wieder zu sehen bekommen. Der Mann lebt ganz allein, hat keine Frau oder Magd, sondern lässt sein Essen bei den Nachbarn zurichten. In seinem Hause findet man nichts als Bücher. Alle seine Mobilien bestehen aus sechs Stühlen, auf welchen Bücher liegen, und aus einer Matratze, auf der er schläft. Wenn man ins Vorhaus kommt, liegen Bücher, eins über das andere, fast bis an die Balken, so dass nur ein Gang für eine Person gelassen ist. So sieht es auch in den anderen Kammern aus. Die Treppe ist gleichfalls mit Büchern belegt, so dass man oft auf dieselben treten muss. Der Stall ist voller Bücher. Im Hof steht ein Brunnen, auf dessen Rand rundum Bücher liegen. Und doch weiß er auch das geringste Buch, fragt man ihn nach einem, sogleich zu finden …«

Dieses Zitat hatte Bibli, nachdem er es zum ersten Mal in einem Buch gelesen hatte und darüber lächeln musste, fotokopiert und in einem Wechselrahmen an die Wand gehängt. Scherzhaft erwähnte er einmal einem Freund gegenüber, der ihn auf diesen Wandschmuck hin angesprochen hatte, er sei wohl eine Wiedergeburt dieses Magliabechi, deshalb sehe es bei ihm genauso aus. Zu ebendiesem Freunde soll Bibli auch gesagt haben, dass er später einmal in einem Grab, das mit Büchern ausgemauert sei, bestattet zu werden wünsche. Er wolle in diesem Punkte noch einen Schritt weiter gehen als der berühmte Verleger und Drucker Aldus Manutius, dessen Grab man nach seinem Tode im Jahre 1515 mit seinen Büchern nur umstellt hatte.

Wegen solcher und ähnlicher Äußerungen und Verhaltensweisen war Herr Bibli bald bei allen Leuten, die näher mit ihm zu tun hatten, als unverbesserlicher Büchernarr bekannt und wurde von manchen deshalb auch für einen Sonderling gehalten. Bibli indes war in sich gefestigt und kümmerte sich nicht um dieses Gerede. Er blieb seiner Leidenschaft nicht nur treu, sondern ließ zu, dass sie sich im Laufe der Jahre noch vertiefte und ihn schließlich gänzlich durchwucherte.

## 12

Zu den menschlichen Grundbedürfnissen zählten für Bibli in der Reihenfolge: trinken, schlafen, essen, lesen, und sofern die drei erstgenannten einigermaßen befriedigt waren, rückte das Lesen sofort an die erste Stelle. Denn für seinen Geist bedeutete Lektüre Speise und Trank. Sie verschaffte ihm zudem eine Ruhe, die durchaus mit der im Schlaf zu erreichenden vergleichbar war, bot sie ihm doch wie der Schlaf auch die Möglichkeit zu träumen und die kleinen Alltagsangelegenheiten zu vergessen.

Bibli war überzeugt, dass er von Büchern erzogen worden sei, und manchmal schienen sie ihm auch seine wahren, wenngleich heimlichen Erzeuger zu sein. Wurde er nach seinem Familienstand gefragt, erklärte Bibli, er sei ledig und habe keine eigenen Kinder, es sei denn Bücher. Die engsten Freunde wussten jedoch sicher – aber auch unter ihnen gab es diesbezüglich widersprüchliche Äußerungen –, Bibli sei zwar verheiratet, lebe aber seit Jahren von seiner Frau getrennt. Er treffe sie mehrmals pro Woche in der Stadt, wo sie in einem Dreizimmerapartment lebe. Beide schienen an Scheidung nicht zu denken.

Bekannt war auch, dass Bibli nicht verreiste. Er hatte kein Bedürfnis danach, was seine Freunde und Bekannten einfach nicht verstehen konnten, weshalb es immer wieder lange, aber ergebnislose Diskussionen gab, wenn sie mit Bibli über dieses Thema ins Gespräch kamen. Als Entschuldigung ließen sie am Ende meist nur die versponnene Ausrede gelten, er, Bibli, unternehme seine Reisen wohl in seinen Büchern und damit in der Fantasie. Für Bibli war diese Erklärung jedoch die einzige Möglichkeit, sich seinen Kritikern verständlich zu machen und wenigstens hierin mit ihnen einen, wenn auch nicht ganz zufrieden stellenden Konsens zu erzielen.

Abschließend zitierte er oft Franz Kafka: »Es ist nicht notwendig, dass du aus dem Hause gehst. Bleib bei deinem Tisch und horche. Horche nicht einmal, warte nur. Warte nicht einmal, sei völlig still und allein. Anbieten wird sich dir die Welt zur Entlarvung, sie kann nicht anders, verzückt wird sie sich vor dir winden.«

Für Bibli waren Bücher im Komfort des Lebens ein notwendiger Hausrat und das papierne Gedächtnis der Menschheit, wodurch ihm nicht nur Reisen in der Gegenwart verstattet waren, sondern sogar in die Vergangenheit und Zukunft und in real nicht existierende Dimensionen.

Es versteht sich fast von selbst, dass Bibli sich regelmäßig Bonmots und Aphorismen einprägte, die ihn in seiner Leidenschaft nicht nur bestätigten, sondern ihm auch eine kontinuierliche Verstärkung boten. Er hatte sich einen Zettelkasten angelegt, in dem er Sprüche folgender Art aufbewahrte:
»Bücher sind die weisesten Greise, Bücher sind die tapfersten Männer. Bücher sind die mütterlichsten Frauen, Bücher sind die beliebtesten und zärtlichsten Mädchen. Wer sieben gute Bücher hat, braucht keinen Menschen mehr!« (Börris Freiherr von Münchhausen)

»Ein Buch, das leben will, muss einen Schutzgeist haben.« (Friedrich von Hagedorn)

»Ich war in meiner Jugend arm und immer in Not; aber ich fand keinen Rater und Helfer. Ich glühte; und es war kalt in der Welt. Ich war voller großer Fragen; aber niemand antwortete. Da ging ich zu den Büchern ...« (Gustav Frenssen)

»Im Laden des Buchhändlers geben zwei Dämonen einander ein Stelldichein, der Dämon des Schreibens und der Dämon des Lesens.« (Josef Nadler)

»Ein gutes Buch muss uns nicht etwas geben, aber etwas wegnehmen: eine von unseren Sicherheiten.« (Jan Greshoff)

»Das Buch ist der bequemste Freund. Man kann sich mit ihm unterhalten, solange und sooft man will, man ist ganz ein Empfangender, kann in jeder Stimmung die rechte Kost wählen und ist nie enttäuscht. Unzählige Menschen, vor allem Männer, haben ihre höchsten Erlebnisse, ihre glücklichsten Stunden im Verkehr mit Büchern gefunden.« (Angelus Silesius)

»Der Bücherschrank ist ein Mensch. Zeige mir doch deine Bücher, und ich werde dir sagen, wer du bist.« (Alfred Meissner)

»Ein böses Buch ist, das durchaus dir nicht gefällt und gleichwohl etwas hat, womit es fest dich hält.« (Friedrich Rückert)

»Ein Buch ist erst dann ein schönes Buch und ein wunderbares Buch, wenn es ein unnützliches ist. Wenn ich von einem Buch etwas lerne, dann ist es kein Buch für Leser.« (Peter Bichsel)

»Die zwischen den Seiten alter Bücher verbliebene Zigarrenasche ist das beste Bild für das, was vom Leben des einstigen Lesers darin geblieben ist.« (Romón Gómez de la Serna)

Mehr als zweitausend solcher Gedanken hatte Herr Bibli zusammengetragen, meist waren sie ihm bei der Lektüre von Büchern untergekommen. Der Bazillus des Lesens war ihm in diesen Jahren so in Fleisch und Blut übergegangen, dass er von ihm rettungslos infiziert war. Selbst bei Büchern, die in seinen Regalen standen und die er nach Jahren noch nicht gelesen hatte, dachte er nicht daran, sie auszusondern, vielmehr beobachtete er sie mit umso größerer Aufmerksamkeit. Er wartete auf den Tag, an dem sie sich ihm öffnen wollten und er Zugang zu ihnen finden würde. Und er wollte sie sogar dann nicht aufgeben, wenn sie sich ihm Zeit seines Lebens nicht erschließen sollten.

Doch all diese Vorsätze, Gewohnheiten und Überzeugungen waren in der Sekunde ausgelöscht, da Bibli das Buch traf. Seinetwegen ließ er alle anderen Bücher aus dem Haus schaffen, zog sich zusehends von seinen Freunden zurück und begann, wenn zunächst auch widerstrebend, nur dem einen Buch sich hinzugeben. Er öffnete es nicht wie die anderen Bücher, um es sich einzuverleiben. Das Buch öffnete sich ihm, um eins mit ihm zu werden. Bei diesem einmaligen Vorgang störten alle anderen Bücher, von denen sich Bibli deshalb herzlos trennte. Er verstieß sie und empfand wegen seiner schäbigen Handlung nicht die geringsten Gewissensbisse, wenngleich er deutlich fühlte, dass er sich durch diese Untat für immer aus der Gesellschaft der anständigen Bücher ausgeschlossen hatte.

# Dritter Teil

Auch der bestialischste Mörder
war einst
ein hilfloses, liebes Baby.

A. S.

## 13

Herr Bibli träumte von einem russischen Dichter aus dem vorigen Jahrhundert. Er sah, wie dieser Mann in vollem Galopp auf einem Pferd ritt und plötzlich zu Boden stürzte. Leblos blieb er liegen. Sein Bein war zerschmettert. Es wurde ihm unverzüglich amputiert. Der Dichter erhielt es zur freien Verfügung. Er zog seinem Bein daraufhin ungerührt die Haut ab und gerbte sie. Dann band er seine Liebesgedichte an eine von ihm verehrte Dame darin.

Ganz nah sah Bibli den Bucheinband aus Menschenhaut vor sich liegen. Er ekelte sich nicht davor, dachte vielmehr daran, dass zur Zeit der Französischen Revolution derartige Einbände häufig hergestellt wurden und sehr beliebt waren. Herr Bibli erkannte, dass das menschliche Leder etwas dunkler war als Pergament und auch mehr Flecken aufwies. Die Oberfläche war rauh und ließ Löcher wie Schweinsleder erkennen, die jedoch verstreuter und kleiner waren. Soeben wollte Herr Bibli den Liebesgedichtband in Menschenhaut zur Hand nehmen, da spürte er, wie ein Rütteln durch seinen Körper ging.

Als er die Augen aufschlug, lag er im Krankenzimmer in seinem Bett, und der Oberarzt hielt ihn mit der Hand an der rechten Schulter fest. Es war Visite.

Das Ergebnis der Untersuchung war beruhigend.

Der Arzt entschied, dass der Patient am nächsten Tag entlassen werden könne: sämtliche Krankheitssymptome seien so gut wie verschwunden, ein weiterer Klinikaufenthalt sei daher nicht erforderlich. Wie Bibli nach dem Besuch von der Stationsschwester erfuhr, würde außerdem das Bett für einen ernsteren Fall dringend benötigt, weshalb Bibli entgegen den Gepflogenheiten des Hauses bereits am frühen Morgen des nächsten Tages die Klinik verlassen dürfe.

Herr Bibli verspürte eine innere Aufregung, die er durch intensives Fernsehen etwas zu dämpfen beabsichtigte; er versprach sich davon einige Ablenkung. In der Tagesschau erfuhr er, dass am heutigen Tag die Buchmesse in Frankfurt eröffnet worden sei, auf der wie jedes Jahr Tausende von Neuerscheinungen vorgestellt würden.

Die Nacht verlief traumlos und ruhig. Am Morgen verließ Herr Bibli ohne Aufsehen sein Krankenzimmer. Er vergaß nicht, das Buch in seine Reisetasche zu packen. Die Stationsschwester dankte für das reichlich bemessene Trinkgeld und wünschte ihm alles Gute.

Wieder zu Hause in seiner Wohnung, war Herr Bibli den ganzen Tag damit beschäftigt, Ordnung in den so lange vernachlässigten Haushalt zu bringen und darüber nachzudenken, welchen Verpflichtungen er in den nächsten Tagen zuerst nachkommen wollte. Er ermüdete schnell, war er doch im Krankenhaus einen anderen Tagesablauf gewohnt. Er ging deshalb früh zu Bett. Auf dem Nachtkästchen lag das Buch.

Herr Bibli schlief rasch ein und fiel in einen tiefen Schlaf, aus dem er gegen Morgen unter schrecklichen Krämpfen schlagartig erwachte. Das heißt, der Vorgang des Erwachens fand im üblichen Sinne gar nicht statt. Bibli litt unter Bewusstseinsstörungen. Arme und Beine waren verkrampft, zogen sich zusammen. Sein Gehirn schien in feine, schmale Streifen geschnitten, an denen die einzelnen Gedanken sich aufsplitterten. Am Rücken fühlte sich der Gepeinigte wie von tausend Nadeln gestochen. Heftige konvulsivische Zuckungen ließen den Körper rhythmisch sich aufbäumen und zusammensacken. Obwohl Herr Bibli rasende Schmerzen verspürte, war er zunächst zu keiner Lautäußerung fähig. Alle Schmerzensschreie, die er hätte ausstoßen wollen, versammelten sich zu einem einzigen stummen Brüllen. Bibli wusste nicht, was mit ihm geschah, mit Sicherheit aber spürte er, dass er nicht starb.

Die unterdrückten Schreie häuften sich, und Bibli schien es, als würde er daran jeden Augenblick ersticken. Plötzlich gellte aus seinem weit aufgerissenen Mund ein ohrenbetäubendes Kreischen, das ihn selbst so entsetzte, dass er für einen kleinen Augenblick jeden Schmerz vergaß und kurz darauf das Bewusstsein verlor. Dieser unmenschliche Laut zerriss minutenlang die Stille, drang durch das gekippte Fenster auf die Straße und durch die

Wohnungstür ins ganze Haus. Er war nicht zu überhören.

Aus den Nachbarwohnungen kamen vereinzelt Hausbewohner auf den Flur. Sie blieben ratlos stehen. Einige fassten sich. Sie läuteten an Herrn Biblis Tür, riefen seinen Namen. Da der Schrei inzwischen verstummt war und plötzlich kein Ton mehr aus der Wohnung kam, verständigten sie besorgt die Polizei.

Diesmal war der Hausmeister rechtzeitig zur Stelle und öffnete Herrn Biblis Apartment. Den erstaunten Polizisten bot sich ein von ähnlichen Fällen her gewohnter Anblick. Im Schlafzimmer herrschte eine entsetzliche Unordnung. Kleider und Stühle lagen am Boden, die Bettdecke war zerwühlt, der Vorhang von der Schiene gerissen, die Nachttischlampe umgestürzt. Eines fehlte freilich, was üblicherweise bei derartigen Fällen stets vorhanden war: das Opfer. In keinem der Räume war ein Mensch zu sehen.

Die Polizei versuchte von den Nachbarn etwas über den Wohnungsinhaber in Erfahrung zu bringen, erhielt aber nur unzureichende Auskunft. Ein Beamter entnahm die Personalien Herrn Biblis Papieren, die verstreut im Schlafraum umherlagen. Die Polizei bat die Nachbarn, den Wohnungseigentümer bei seiner Rückkehr auf den Vorfall anzusprechen, und hinterließ gut sichtbar auf dem Wohnzimmertisch eine Nachricht, in der sie Herrn Bibli bat, sich nach seiner Rückkehr umgehend bei der unten genannten Polizeidienststelle zu melden.

Am Boden blieb alles so liegen, wie man es angetroffen hatte, auch das Buch, das halb in ein Hemd eingewühlt und deshalb niemandem besonders aufgefallen war.

Langsam erwachte Bibli aus seiner Besinnungslosigkeit. Die Schmerzen hatten zu toben aufgehört, wenngleich er noch überall in sich starke Spannungen verspürte. Bibli war aber nicht mehr fähig, sich zu bewegen. Er stellte ohne große Betroffenheit fest, dass er zum Buch geworden war. Er dachte an die Frankfurter Buchmesse und hielt sich wohl zu Recht für die eigenartigste Neuerscheinung dieses Jahres. Das Buch auf seinem Nachtkästchen aber war verschwunden.

## 14

Die Polizei war in den folgenden Tagen nicht untätig. Sie lud Bekannte und Freunde vor, um sich deren Aussagen zu dem ungewöhnlichen Ereignis anzuhören. Es konnte aber kein Licht in das Dunkel dieses Falles gebracht werden. Auch die Ärzte im Krankenhaus waren ratlos. Schließlich wurde Biblis bestem Freund gestattet, in dessen Wohnung für Ordnung zu sorgen. Es war bereits eine Woche vergangen.

Während dieser Zeit hatte Bibli reglos auf dem

Boden seines Schlafzimmers gelegen. Größtenteils hatte er sich in tiefem Schlaf befunden und gespürt, wie er sich langsam an den neuen Zustand als Buch gewöhnte, wie sich seine Gedanken auf den Seiten nach und nach ordneten und er dadurch eine Art psychische Stabilität wiedererlangte. Die körperlichen Beeinträchtigungen waren bald gänzlich verschwunden, und die Zeit verging so rasch, dass Bibli nach Ablauf der Woche vermutete, es seien seit seiner Buchwerdung erst zwei Tage vergangen. Aus einer seiner Tiefschlafphasen wurde er plötzlich herausgerissen, als er sich unvermutet in die Höhe gehoben fühlte.

Obwohl Bibli im eigentlichen Sinne keine Augen mehr besaß, erkannte er doch, was um ihn herum vorging. Er erblickte eine Frau, die allem Anschein nach damit beschäftigt war, im Schlafzimmer Ordnung zu machen. Es war in der Tat eine Putzfrau, die von Biblis bestem Freund mit dieser Arbeit beauftragt worden war und sie durchaus zügig und sauber erledigte.

Als sie das Buch aufhob, sah sie es neugierig an, drehte es herum und blätterte darin. Bibli spürte dabei stechende Kopfschmerzen. Er gewöhnte sich aber rasch daran, das Wenden der einzelnen Seiten, in die sich sein Gehirn offensichtlich zergliedert hatte, ohne weitere Schmerzempfindungen über sich ergehen zu lassen.

Plötzlich schloss die Frau das Buch, wiegte es einen kurzen Augenblick in ihrer rechten Hand, als wollte sie das Gewicht seines Inhalts prüfen, packte es dann kurz entschlossen in ihren Beutel neben eine Plastiktüte, deren Ausdünstung Herrn Bibli verriet, dass sie ein Wurstbrot enthielt, vermutlich mit polnischer Feinsalami belegt. Daneben barg die Tasche auch noch andere Utensilien der Putzfrau, so eine Geldbörse, ein Taschentuch und eine Haarbürste, die so ungünstig lag, dass Bibli sich von ihren starren Borsten an seinem Buchrükken belästigt fühlte.

Nach getaner Arbeit verließ die Frau Biblis Apartment und trug ihn in ihrem Beutel zu sich nach Hause. Dort wurde Herr Bibli auf ein Tischchen gelegt, und er konnte sich dadurch im Hausflur der Wohnung umsehen, der in etwa so eingerichtet war, wie es bei einer Frau dieses gut verdienenden Berufsstandes zu erwarten war. Es war eine gediegene Garderobe aus Eichenholz, die Bibli erblickte, und in dem Kristallspiegel sah er zum ersten Mal seine eigene neue Erscheinung. Sie war ihm vertraut, in jeder Hinsicht glich er jenem Buch, das seit Wochen in seinen Händen gewesen war und ihn des Öfteren beunruhigt hatte.

Unvermutet vernahm Herr Bibli – denn auch sein Gehörsinn funktionierte noch einwandfrei –, wie sich im Schloss der Schlüssel drehte und sich gleich darauf die Wohnungstür öffnete. Ein etwa zehnjähriges Mädchen erschien und wurde von der Mutter begrüßt. Während das Kind aus dem Anorak schlüpfte, fiel sein Blick auf das Buch.

Schon griff das Mädchen danach. Es trug Bibli in sein Zimmer. Dort begann das Kind sofort in ihm zu blättern, nachdem es sich, wie ihm schien, leicht erschöpft auf die Liege hatte fallen lassen.

Bibli beobachtete das Gesicht des Mädchens, von dem er sich mit neugierigen Augen gemustert fühlte. Es war keine besonders hübsche Physiognomie. Die Augen standen zu weit auseinander, die Nase war etwas zu pummelig, und in dem schmallippigen Mund erkannte Bibli, als das Mädchen ungeniert gähnte, natürlich ohne die Hand vorzuhalten, dass rechts unten eine Zahnlücke klaffte. Bibli verlor rasch das Interesse am Anblick des Kindes, schloss seine Augen und hing seinen eigenen Gedanken nach.

Zum ersten Male nach seiner Verwandlung empfand er seine Situation als nicht besonders angenehm. Die weitere Existenz als Buch schien keinesfalls vielversprechend, und er begann für seine Schöpfer in unglaublicher Schnelligkeit Hassgefühle zu entwickeln. Wer war es überhaupt, der Bücher schuf? Zuerst einmal Autoren, die ein Manuskript verfassten, das sie einem Verleger anboten, der es von einem Lektor begutachten ließ. Wenn das Manuskript für eine Veröffentlichung vorgesehen war, befassten sich die Techniker damit, so die Drucker, die den Text setzten, die Buchbinder, welche die Seiten in die Buchform brachten und zusammenhefteten. Bibli war klar, warum sie das taten. Nur deshalb, weil sie mit ihrer Arbeit Geld verdienen wollten, das von den Käufern bezahlt wurde. Zu diesem Zweck boten seit jeher Buchhändler Bücher zum Kauf an, und Leser, die sich dafür interessierten, erstanden sie bei ihnen.

Zwar wusste Bibli, dass er nicht wie übliche Bücher entstanden war, da er sich aus der menschlichen Seinsweise in eine buchförmige umgewandelt hatte. Aber, und das versetzte ihn in erhebliche Erregung, ohne das vorhandene Buch wäre die Metamorphose wohl nicht möglich gewesen. Mag sein, dass speziell auf diesem Exemplar ein Fluch oder ein Zauber gelegen haben mochte, doch bevor es dazu kam, musste es erst einmal erschaffen worden sein, und dies sicherlich auf dem für Bücher üblichen Weg. Daran waren nun einmal Autoren, Verleger, Lektoren, Drucker, Buchbinder, Kritiker und weiß Gott wer noch alles beteiligt, ja, und auch die Leser. Bibli empfand jetzt unkontrollierten Hass auf all diese Wesen. Was sollte er jetzt in seinem Zustand tun? Wie könnte er sein Buchsein rückgängig machen?

Biblis Erregung eskalierte. Er wollte sich, das stand plötzlich für ihn fest, an all diesen in seinen Augen gedankenlosen Schöpfern – ob sie geldgierig, wissensdurstig oder vergnügungssüchtig waren, spielte für ihn keine Rolle –, er wollte sich rächen. Vielleicht, und dessen war sich Bibli mit einem Male ganz sicher, konnte er durch das Ausleben seiner zunehmend in ihm gestauten Aggressionen die Menschen, mit denen er in Zukunft zu tun haben würde, auf seinen unwürdigen Zustand aufmerksam machen.

In diesem Augenblick betrat die Frau das Zimmer. Das Kind schlug daraufhin das Buch zu und erkundigte sich bei der Mutter, was eigentlich ein Lektor und ein Verleger sei und ob man sich an ihnen rächen müsse.

Bestürzt erkannte Bibli, dass das Mädchen die ganze Zeit, als er die Augen geschlossen hielt, seine Gedanken gelesen hatte. Er war peinlich berührt und schämte sich tief.

Die Mutter verstand nicht ganz, was ihre Tochter meinte, und schloss aus deren Fragen, dass sie hoffnungslos übermüdet war, dass es Zeit für das Abendbrot sei und danach schleunigst für die Nachtruhe.

Das Mädchen stimmte hierin mit der Mutter keineswegs überein, wagte aber seine Ablehnung nicht offen zu äußern. Stattdessen begann das Kind unvermutet seinen Zorn gegen Bibli zu richten, indem es das Buch heftig in die Ecke schleuderte; schmerzvoll empfand Bibli den Aufprall. Das Kind schimpfte auf das Buch, das blöde sei, und wollte wissen, weshalb die Mutter überhaupt so ein Zeug mit nach Hause gebracht habe.

Die Frau beruhigte ihre Tochter und versicherte ihr, dass sie morgen ohnehin wegen anderer Bücher in die städtische Bibliothek müsse und dabei auch dieses Buch abgeben würde. Diese Aussicht stellte das Mädchen zwar nicht zufrieden; dennoch ließ die Mutter sich durch das Ablenkungsmanöver nicht erweichen und schickte das Kind gleich nach dem Abendbrot zu Bett.

Herr Bibli schlief in dieser Nacht sehr unruhig, obwohl er von der Frau auf das Fensterbrett gelegt worden war. Die Wucht des Aufschlagens, bedingt durch den kraftvollen Wurf des Kindes, war doch so gewaltig gewesen, dass sich an seinem Buchrücken zweifellos einige Stellen der Bindung massiv verschoben hatten, und die Kante des Heizkörpers hatte auf seinem Einband eine haardünne Kratzspur eingeritzt. Bibli war froh, dass bei Büchern wenigstens keine Blutungen möglich waren.

## 15

In der Nacht verschlechterte sich Biblis Allgemeinzustand erheblich. Er schien, soweit das in seiner Daseinsform überhaupt möglich war, erhöhte Temperatur zu haben, denn ähnlich wie in Fieberträumen peinigten in grässliche Visionen.

Er sah sich in abgelegenen Bibliotheken in trostlosen Buchregalen verkümmern und verstauben. Er fühlte, wie ihn unsaubere Leserhände beschmutzten und unfein mit ihm umgingen, wenn sie gleichgültig die Ecken der Seiten umknickten, seinen Rücken durch zu weites Auseinanderbiegen beim Öffnen über die Maßen belasteten und nicht einmal davor zurückschreckten, Seiten einzureißen oder mit Stiften auf seinem Papier herumzukritzeln. Er sah sich als beschädigtes, mit allen nur erdenklichen Spuren des Gebrauchs behaftetes Exemplar auf einem Stapel Altpapier liegen. Er ahnte sein Ende voraus, indem er sich ins Feuer geworfen fühlte oder unter entsetzlichen Qualen litt, als man ihn zu Brei makulierte.

All diese verwirrenden Gedanken überfluteten ihn derart, dass ihm die Existenz als Buch eines Menschen unwürdig schien und er ernsthaft an die Möglichkeit seines Freitodes zu denken begann. Er tat das ohne Selbstmitleid oder Entsetzen vor seinen morbiden Gedanken, sondern eher mit kühler Sachlichkeit.

Doch so intensiv er auch alle Suizidarten in Erwägung zog, er fand dabei keine für ihn geeignete oder auch nur durchführbare. Er konnte sich weder erhängen noch erschießen oder vergiften, auch nicht ertränken. Die einzig denkbare Art und Weise für ein Buch, aus dem Leben zu scheiden, wäre wohl die Verbrennung, doch davor schreckte Bibli zurück. Auch im menschlichen Zustand hätte er diese Todesart als zu schrecklich empfunden. Sie kam für ihn nicht in Frage.

Infolgedessen rückte Bibli rasch wieder von dem Gedanken ab, der Suizid sei die einzige Methode, um sich schnellstmöglich aus seiner misslichen Lage zu befreien. Er hatte sich mit seinem Zustand abzufinden und war deshalb dankbar, als gegen Morgen wenigstens seine Schmerzen nachließen und er deshalb etwas Ruhe finden konnte.

Abermals war es die Putzfrau, die ihn, wie schon einmal, aus dem Schlaf riss, und Bibli musste daran denken, dass ihn auch seine Mutter als Kind mehrmals aus dem Bett gewiesen hatte, als sie das Schlafzimmer reinigen wollte. Schon damals hatte der Junge diesen abrupten Weckvorgang ganz und gar nicht gebilligt, und so erging es ihm noch heute. Putzfrauen entfernen bei ihren Säuberungsaktionen mit dem Schmutz auch alle Ruhe und Gemütlichkeit, dachte Bibli, als er von der Frau zum zweiten Mal in die Tragetasche gepackt wurde, die immer noch süßlich nach polnischer Feinsalami roch, obwohl das Wurstbrot längst daraus verschwunden war.

Aus dem im Rhythmus der Schritte schaukelnden Gefängnis wurde Bibli nach zwanzig Minuten befreit. Er fand sich auf einer Theke wieder, und als er um sich blickte, erkannte er überall Regale mit Büchern. Da wusste er, dass er sich in einer Bücherei befand. Die Bibliothekarin nahm die Bücher und verglich ihre Nummern mit denen auf der Liste, die sie vor sich liegen hatte. Eine nach der anderen hakte sie ab. Zuletzt griff sie nach Herrn Bibli. Da sie weder auf seinem Rücken noch auf dem Schmutztitelblatt eine Eintragung oder einen Stempel der Bibliothek fand, wollte sie der Putzfrau das Buch zurückgeben. Die aber bat die Angestellte, das Exemplar zu behalten. Sie könne mit ihm nichts anfangen und auch ihrer Tochter gefalle es nicht. Vielleicht aber fände man hier einen Interessenten. Ihm könne man das Buch schenken oder es aber dem Buchbestand der Bücherei eingliedern. Die Bibliothekarin schien die Putzfrau zu kennen und zögerte deshalb nur einen kurzen Augenblick, bevor sie das Buch an sich nahm. Eigentlich sei es ihr verboten, auf diese Art Bücher aufzunehmen, aber einmal könne sie eine Ausnahme machen. Vielleicht würde man bei einer Versteigerung oder Tombola das Exemplar als Preis verwenden.

Während dieser Erklärung hatte die junge Dame das Buch in einen kleinen Korb gelegt, der auf dem rückwärtigen Teil der Ablage stand. Bibli war ganz verwirrt. Er hatte bereits an einige Verwendungsmöglichkeiten seiner Person gedacht, keinesfalls aber daran, als Preis ausgesetzt zu werden.

Der Tag verging eintönig. Bibli beobachtete, wie die Leute kamen, Bücher, die sie vermutlich gelesen hatten, zurückbrachten und sich neue ausliehen. Er folgte mit den Blicken der Bibliothekarin, die sich an den Regalen zu schaffen machte, Bücher einordnete oder gewünschte Exemplare entnahm. Die übrige Zeit saß sie am Schreibtisch, füllte Listen aus, beschriftete Karteikarten oder blätterte in Katalogen. Zwischendurch verschwand sie für einige Zeit, wohl um die menschlichen Bedürfnisse der Nahrungsaufnahme und der Abgabe von Ausscheidungsstoffen zu befriedigen.

Als die Bücherei am frühen Abend geschlossen worden war und die Bibliothekarin ihren Arbeitsplatz verlassen hatte, überprüfte der Leiter der Bibliothek – den Bibli sogleich als solchen erkannte, obwohl er ihn jetzt zum ersten Mal sah – die Räume. Er warf auch einen Blick auf den Arbeitsplatz seiner Mitarbeiterin, der sorgfältig aufgeräumt war, so dass ihm sogleich das Buch in dem Körbchen auffiel. Er griff unverzüglich danach, und Herr Bibli fühlte sich im nächsten Augenblick durchgeblättert, wobei seine einzelnen Seiten von der letzten bis zur ersten vom Daumen des Mannes in Sekundenschnelle aufgefächert wurden. Bibli empfand den Luftzug und den ihm dadurch zugeführten Sauerstoff als durchaus angenehm.


## 16

Lindner, Professor der Theologie, täuschte gegen Mitte des letzten Jahrhunderts das Vertrauen der Inspektoren, indem er aus der Universitätsbibliothek heimlich aus allen wertvollen Handschriften mit der Schere Initialen und Miniaturen ausschnitt, während er gleichzeitig als Professor über Moral und Eigentumsrecht las. Zezschwitz, der mit ihm befreundet war, nannte dieses Laster Ikonomanie,

Fechner hingegen Spitzbüberei. Merkwürdig war, dass der höchst verblendete Ikonomane oder Spitzbube, der sonst als Ehrenmann galt, seinem Beichtvater Ahlfeld gestand, dass er während seines langjährigen langfingrigen Gebarens nicht die geringsten Gewissensbisse hatte. Von diesem Vorfall berichtet Wilhelm von Kügelgen, und daran musste Bibli denken als der Bibliotheksleiter ihn aufgeschlagen auf seinen Schreibtisch legte und nach einer Schere griff.

Bibli wusste nicht, welche Stelle der Mann aus ihm herausschneiden wollte. Im Augenblick war ihm das auch völlig gleichgültig, ahnte er doch, welch entsetzliche Qualen ihm bevorstünden, wenn jemand mit scharfem Stahle in ihn hineinschnitte. Er dachte an Voltaires Barbarei, aus Büchern die ihm zusagenden Seiten oder Seitenhälften herauszureißen und zu neuen Büchern zusammenzukleben. Bei seinem Tod sollen es 6000 solcher Bände gewesen sein.

Jetzt hob der Übeltäter das Blatt hoch und näherte sich mit der Spitze der Schere der Oberfläche. Bibli hatte dabei eine Empfindung, als bewegte jemand einen spitzen Gegenstand in Richtung seines Auges, um hineinzustechen. In höchster Not wurden in Bibli ungeahnte Kräfte frei, die ihn dazu befähigten, sich zu bewegen. Dies geschah so abrupt und so heftig, dass es einem Hochspringen seines Korpus glich. Er wich dabei geschickt der Scherenspitze aus und prallte mit einer derartigen Wucht gegen die rechte Hand des Mannes, dass der sich mit der Scherenspitze in die Linke bohrte. Blut spritzte. Der Leiter der Bibliothek war so überrascht, dass er erst mit einiger Verzögerung einen Schmerzensschrei ausstieß, der in einen wüsten Fluch überging. Er ließ die Schere fallen, versuchte mit der frei gewordenen Rechten den herabtropfenden Lebenssaft daran zu hindern, auf den Tisch und den Teppichboden zu tropfen.

Mit kleinen Schritten eilte er zu dem Verbandskasten, der an der Wand hing, holte eine Mullbinde hervor und begann notdürftig die Wunde zu verarzten.Bibli sah ihm mit einer gewissen Genugtuung dabei zu; dennoch störten ihn die hasserfüllten Blicke, die ihm der Mann mitunter zuwarf. Als der Verband einigermaßen sinnvoll angelegt war, sank der Verwundete erschöpft und blass in seinen Stuhl und ruhte sich von dem unangenehmen Zwischenfall aus. Dabei kontrollierte er immer wieder den Sitz der Mullbinde und stellte erleichtert fest, dass das Blut merklich langsamer floss und der rote Fleck an der Oberfläche sich kaum noch vergrößerte. Er fand dabei aber auch Zeit, das Buch ins Auge zu fassen, und es war ihm deutlich anzusehen, wie er auf eine geeignete Bestrafung für dieses Exemplar sann, schien es dem Mann doch allein für den Unfall verantwortlich zu sein.

Auf dem Schreibtisch lag eine große Buchversandtasche, noch nicht verschlossen, die offenbar ein umfangreiches Manuskript enthielt. Bibli konnte die Adresse lesen, die ihm verriet, dass die Sendung an den Abermax-Verlag gehen sollte. Der Bibliothekar holte das Manuskript heraus, auf dem ein Brief lag, in den Bibli glücklicherweise guten Einblick erhielt. Er erfuhr aus dem Schreiben, dass der Leiter der Bibliothek selbst Geschichten verfasst hatte, die er nun dem genannten Verlag zur Begutachtung zusenden wollte. Wie er ausführte, würde es ihn mit Freude und Stolz erfüllen, wenn sich der Verlag dazu entschließen könnte, seine Geschichten in Buchform zu veröffentlichen.

Der Bibliothekar, ein gewisser Herr Grießner, wie Bibli dem Briefkopf entnahm, griff jetzt nach seinem Füller, um ein PS hinzuzufügen, in dem er erklärte, dass er als kleines Dankeschön für die Lektorin, die sein Manuskript lesen würde, beiliegendes Buch mitsende, bei dessen Lektüre er Vergnügen wünsche.

Während er dies schrieb, warf Herr Grießner fortwährend erboste Blicke auf Bibli, und als er ihn schließlich in die Buchversandtasche presste, spielte ein boshaftes Lächeln um seine blassroten Lippen. Das war das Letzte, was Bibli von diesem Menschen sah, der ihm zweifellos in unangenehmer Erinnerung bleiben würde.

Es wurde nun für eine längere Zeit finster um Herrn Bibli. Und hätte er am nächsten Tag nicht immer wieder gespürt, wie er hochgehoben, hingelegt, über kleine Entfernungen geworfen wurde –

den Aufprall minderte in diesem Fall die weiche Fütterung des Versandkuverts –, hätte er nicht mehr gewusst, ob er noch auf Erden weilte oder bereits in die Trostlosigkeit einer anderen Daseinsform übergegangen war. In der Dunkelheit freilich gelang es Bibli, seine Gedanken wieder ein wenig zu ordnen, und er kam zu der Erkenntnis, dass die Existenzform als Buch offensichtlich weniger langweilig war, als er anfänglich befürchtet hatte. Inzwischen packte ihn sogar die Neugierde darauf, was er im Abermax-Verlag erleben würde, zu dem er im Augenblick unterwegs war, wobei ihn zusätzlich die Aussicht beglückte, endlich aus der gegenwärtigen Enge, Dunkelheit und stickigen Atmosphäre befreit zu werden.


17

Lektoren sind Menschen, die von Berufs wegen ihre Arbeitstage vollständig mit Lesen ausfüllen. Es ist kaum vorstellbar, dass diese Leute sich auch noch am Feierabend hinsetzen, um ein Buch zu lesen, das sie in einer Buchhandlung von dem durch Bücherlesen sauer verdienten Geld käuflich erworben haben. Aber in geschenkten Büchern blättern manche doch des Öfteren.

Die Lektorin des Abermax-Verlages, Fräulein Justine Polter-Kramer, entdeckte in der Manuskriptsendung des Bibliothekars Grießner auch Herrn Bibli. Amüsiert las sie in dem Begleitschreiben, dass das Buch als kleines Dankeschön für ihre Bemühungen gedacht sei. Fräulein Justine Polter-Kramer schlug das Buch gedankenverloren auf, ohne darin zu lesen, und steckte es dann in ihre Tasche.

Die Lektorin hatte den eigenartigen Doppelnamen von ihrer geschiedenen Mutter übernommen, die diesen auch nach der Scheidung von Herrn Kramer hartnäckig beibehalten hatte. Sollte Justine dereinst heiraten, was nicht in Aussicht stand, zum Beispiel einen Herrn Hürbinger, so wollte sie sich, das hatte sie sich vorgenommen, Polter-Kramer-Hürbinger nennen. Aber wie gesagt, sie war noch nicht befreundet mit einem Mann, vielleicht aus unterschwelliger Angst vor der Belastung mit dem zu erwartenden Dreiernamen, vielleicht auch aus mangelnder Gelegenheit, denn Lektorinnen sind mit Büchern verheiratet, das jedenfalls hatte in einer launigen Anwandlung ihr Chef, der Verleger Dr. Max Aber, bereits bei ihrer Einstellung im Verlag festgestellt.

Fräulein Justine Polter-Kramer mußte sich heute besonders beeilen. Sie erwartete Gäste, einen Bestsellerautor mit dessen Gattin zum vertraulichen Gespräch. Sie verließ den Verlag deshalb noch vor Geschäftsschluss und holte sich im nahe gelegenen Feinkostladen Würminger rasch ein kaltes Büffet für drei Personen, das teuer, gut, aber mengenmäßig eher knapp bemessen war und das sie deshalb auch leicht in einer Plastiktüte nach Hause schaffen konnte.

Beim Abendessen sprachen die drei über dieses und jenes, neue Pläne und alte Erfolge. Da erblickte Herr Karlisch, so hieß der Autor, Herrn Bibli auf der Telefonablage, ergriff ihn und blätterte in ihm. Das geschah, als Fräulein Polter-Kramer gerade neuen Wein holte. Als sie zurückkam, lachte Herr Karlisch und fragte, was sie denn da für ein seltsames Buch habe. Fräulein Polter-Kramer erklärte verlegen, dass ihr das ein unbekannter Autor zusammen mit seinem Manuskript – übrigens nichts Besonderes – geschickt habe, und auch dieses Buch sei nichts Bedeutendes. Man nehme es halt, was wolle man machen.

Herr Bibli war beleidigt. Der Bestsellerautor zitierte zusammenhanglos aus dem Buch. Nach jedem Zitat lachte Karlisch hell auf. Seine Frau kicherte mit. Fräulein Polter-Kramer schüttelte den Kopf. Herr Bibli kochte vor Wut. Man machte sich über seine Gedanken lustig. Er hätte Herrn Karlisch ins Gesicht springen können. Zum Glück nahm nach einigen belachten Zitaten Frau Karlisch ihrem Mann das Buch aus den Händen, weil sich das nicht gehöre, als Gast der Gastgeberin aus fremden, geschmacklosen Büchern vorzulesen. Fräulein Polter-Kramer war Frau Karlisch dankbar und brachte mit ein paar Wendungen das Gespräch auf die Verkaufszahlen des letzten Romans von Herrn Karlisch, die einen weiteren großen Erfolg verhießen.

Als sich das Ehepaar Karlisch auf den Heimweg machte, war wieder ein Abend nutzlos verplempert. Fräulein Polter-Kramer war müde und ging zu Bett. Sie pflegte nackt zu schlafen, was Herr Bibli bemerkte, da sie ihn auf das Nachtkästchen gelegt hatte. Sie löschte das Licht.

Herr Bibli war stark erregt, weniger wegen der Nacktheit der Lektorin als vielmehr wegen der beleidigenden Äußerungen, die er einfach nicht verwinden konnte. Jetzt war es dunkel, ein günstiger Umstand. Denn Bibli wollte sich an Fräulein Polter-Kramer rächen. Zum Glück ist es bei vielen Gewalttaten dunkel. Denn sie mit zu erleben ist nicht gerade erhebend.

Vergewaltigt ein Mann eine Frau, so ist das scheußlich, aber vorstellbar. Vergewaltigt ein Buch eine Frau, so ist das ebenfalls scheußlich, aber unvorstellbar. Und es lässt sich nicht beschreiben. Die anatomischen Voraussetzungen eines Buches, die Ecken, die Kanten, die scharfrandigen Blätter, der runde Leinenrücken sind für Vergewaltigungen denkbar untauglich. Aber dennoch geschah es. Die Äußerungen und Schreckensrufe von Fräulein Polter-Kramer lassen erahnen, was vor sich ging. Sie seien in schneller Reihenfolge erwähnt, wobei man sich zwischen ihnen Geräusche, Pausen, unwiederbringliche Laute und Weinen denken muss.

»Wer da? – Lassen Sie mich! – Gehen Sie weg! – Sie Schwein! – Ich lasse mir das nicht gefallen! – Sie sind verrückt! – Ich muss mich übergeben! – Sie

Scheusal! – Ich wehre mich ja nicht! – Lassen Sie mich am Leben! – Ich verrate Sie nicht! – Ja, es war schön! – Kommen Sie morgen wieder!«

Herr Bibli lag nach einer Stunde höchster Aktivität wie zerschmettert auf dem Nachtkästchen. Seine Erregung war abgeklungen, der Rachedurst gestillt. Er begann, ruhig zu werden. Fräulein Polter-Kramer wagte nicht, das Licht anzuschalten. So etwas war ihr noch nie passiert. Lange lag sie wach, aber dann schlief sie ein, denn ihr Unterbewusstsein signalisierte ihr, dass in drei Stunden ein neuer anstrengender Tag im Lektorat anbrechen würde.

Sie arbeitete noch die nächsten drei Tage. Dann ließ sie sich krank schreiben. Mehrere Jahre musste sie sich in psychiatrische Behandlung begeben, aber Herrn Dr. Krolowski gelang es in dieser Zeit nicht, sie von der ungewöhnlichen Wahnvorstellung zu befreien, von einem Buch vergewaltigt worden zu sein.

## 18

»Wie kann man bei der Wahl schwanken, ob man sein Leben den Frauen oder den Büchern weihen soll! Kann man eine Frau, wenn sie ihre Launen hat, zuklappen und ins Regal stellen? Wanderte schon einmal ein Buch, ohne dich zu fragen, einfach aus deinem Zimmer weg in den Bücherschrank eines anderen? Hat je ein Buch, stand dir gerade die Lust zu einem anderen, wolltest du schlafen oder auch nichts tun, von dir verlangt, du solltest gerade jetzt es lesen und ihm allein dich widmen? Werden die Suppen von Büchern versalzen? Können Bücher schmollen, Klavier spielen? Einen Mangel freilich haben sie doch: Sie können nicht küssen.« (Hans von Weber)

Mit einigem Befremden las Bibli diesen Spruch, der in einem Stehrahmen auf dem Schreibtisch des Verlegers Max Aber stand. Fräulein Polter-Kramer hatte das Buch gleich am nächsten Tag nach dem unerhörten nächtlichen Vorfall mit in den Verlag genommen, es dort Herrn Aber gebracht und erklärt, ihr gehöre dieses Exemplar nicht. Seit diesem Statement lag Herr Bibli auf dem Schreibtisch des Verlegers, vor seinen Augen das frauenfeindliche Zitat Hans von Webers, das Herrn Aber jedesmal aufs Neue zu amüsieren schien, sooft sein Blick darauf fiel.

Herr Bibli nahm an allen vertraulichen Besprechungen teil, die in Abers Büro stattfanden, und es waren nicht wenige.

Im Augenblick saß vor dem Verleger ein grauhaariger Mann, ehemals ein erfolgreicher Romanautor des Verlags, wie Bibli Abers Worten entnahm, dessen zwei letzte Bücher jedoch Flops waren, das heißt kaum verkauft werden konnten. Aus diesen Gründen, so Max Aber, habe sich die Verlagsleitung entschlossen, den neuen Roman des Autors nicht zu veröffentlichen. Er müsse das verstehen und vielleicht kämen wieder einmal andere, für ihn bessere Zeiten. Mit diesen Worten verabschiedete Herr Aber den Autor kurz und bündig, der sichtlich deprimiert das Chefzimmer verließ.

Nach Geschäftsschluss stand das Verlagsgebäude leer, und in der Nacht konnte sich Bibli vom Getriebe des verlegerischen Alltags, an dem er heute zum ersten Mal unmittelbar teilnehmen musste, etwas erholen. Es war ihm jedoch nicht vergönnt, sich lange dieser Ruhepause hinzugeben. Der abgelehnte Autor hatte sich – so zumindest reimte Bibli es sich zusammen – heimlich in das Gebäude einschließen lassen, und so konnte es geschehen, dass er plötzlich jetzt, gegen 20 Uhr, im Zimmer Max Abers stand. Er ging zunächst ratlos, mit Trauer im Blick im Raum auf und ab und warf dann in einem plötzlichen Wutausbruch etliche Bücher im Zimmer hin und her, sammelte sie aber gleich wieder reumütig auf, um sie sorgfältig an ihren Platz zurückzustellen, wobei er Knickstellen an einigen Exemplaren behutsam glattstrich.

Nach dieser ersten Reinigung seiner konfusen Gefühle griff er sich das eine oder andere Buch, blätterte darin, las einen Augenblick, um dann regelmäßig in ein wütendes, abgehacktes Gelächter auszubrechen. Darauf stellte er das auf solche Weise verurteilte Buch an seinen Platz zurück und holte ein anderes Werk hervor. Mit der Anzahl der Bücher, in denen er las, steigerte sich seine Erregung, und so fürchtete Bibli für sein leibliches Wohl, als der Autor ihn plötzlich entdeckte, auf ihn zukam und ihn zur Hand nahm. Bibli wagte eingedenk der Tatsache, dass der, welcher in ihm las, seine augenblicklichen Gedanken lesen konnte, nichts zu denken. Das heißt, das einzige, was ihm in den Sinn kam, waren die monotonen Sätze: »Ich denke an nichts, mein Gehirn ist leer. Ich bin ganz frei.«

Es gelang Herrn Bibli, diese Meditationsübung konzentriert und beständig durchzuhalten, während der Autor mit wachsender Aufmerksamkeit in ihm las. Bibli erschrak, als der Mann plötzlich das Buch zuklappte und in Tränen ausbrach. Schluchzend griff er nach seiner Aktentasche, die er mitgebracht hatte, entnahm ihr das abgelehnte Romanmanuskript, zerriss es mit kraftigen Bewegungen und häufte die Fetzen auf den Schreibtisch des Verlegers. Dann beruhigte er sich wieder.

Er nahm langsam das goldene Tischfeuerzeug mit dem eingeprägten Verlagsmotto: »Abermax-Bücher, ohne Wenn und Aber gut!«, entzündete es und steckte damit einzelne Teile seines zerfetzten Manuskriptes in Brand. Herr Bibli wollte schreien, was ihm jedoch nicht gelang, deshalb fiel er in Schreckstarre. Sollte er nun doch die Todesart erleiden, die er als einzige verabscheute, den Tod durch Verbrennen?

Grauer Rauch füllte den Raum. Der Autor ging

zum Fenster. Bibli lag verlassen hinter ihm auf einem Stuhl. Der Mann öffnete das Fenster und stieg auf den Sims. Er blickte in die Tiefe. Er wandte sich noch einmal um, kletterte dann eilig herab, lief zurück ins Zimmer, ergriff Bibli, presste ihn an seine Brust, eilte zum Fenster und sprang mit einer Art Hechtrolle hinaus ins Freie. Bibli fühlte, wie er mit dem Autor in die Tiefe stürzte. Die Straßenbeleuchtung unter ihnen war noch weit entfernt, und Bibli erinnerte sich an ein Wort Max Abers, wonach sein Büro sich im elften Stockwerk befand.

Jetzt hörte Bibli die Alarmsirene aufheulen, die wohl durch die inzwischen stärker gewordene Rauchentwicklung ausgelöst worden war. Ein Blick nach oben ließ ihn erkennen, wie dicke schwarze Rußschwaden aus dem Fenster im oberen Stockwerk quollen. Im selben Augenblick spürte Bibli einen harten, klatschenden Aufprall und fühlte sich in die Höhe geschleudert, worauf er knapp eine Sekunde später selbst auf einer Wiese aufschlug. Er hatte sich nicht ernsthaft verletzt. Sein Blick in die Umgebung blieb an einer reglosen dunklen Masse hängen, die still auf dem Asphalt der Straße lag. Minuten später hörte Bibli Martinshörner der Feuerwehren, die auf den Brandort zurasten. Leute waren plötzlich auf den Straßen, laute Rufe waren zu hören, ein Getrappel von Schritten, quietschende Bremsen. Schwarze Rauchwolken hatten mittlerweile das Verlagsgebäude großenteils eingehüllt.

Jetzt stellte sich plötzlich ein Spaziergänger unmittelbar vor Bibli. Er führte einen Hund an der Leine. Der Mann blieb stehen und gaffte. Der Hund schnupperte an Herrn Bibli, was diesen äußerst unangenehm berührte. Dann hob das Tier sein Bein. Der scharf riechende Strahl traf nur knapp neben Bibli auf. Der weiche Wiesengrund milderte das Aufspritzen des Urins erheblich und saugte ihn rasch auf.
Als der Löschvorgang nach knapp zwanzig Minuten beendet war, ging der Herr mit dem Hund weiter. Herr Bibli sah einen Leichenwagen, der gerade von der Stelle wegfuhr, wo vorhin die leblose Masse gelegen hatte. Im elften Stockwerk war das Fenster, aus dem er gestürzt war, durch die großflächige Rußschicht, die es umgab, gut sichtbar, und Bibli musste unwillkürlich daran denken, dass er zum ersten Mal in seinem Leben aus einer derartigen Höhe so rasch und zudem ohne Schaden zu nehmen zu ebener Erde gelangt war.

## 19

Bibli lag weich, nur unwesentlich von Urinspritzern befleckt, auf der Wiese. Ein Bursche, der soeben an ihm vorüberging, bemerkte ihn und hob ihn auf, als wollte er dadurch dazu beitragen, die Umgebung des Brandortes von allem Unrat zu befreien. Er trug Herrn Bibli zu sich nach Hause. Am nächsten Tag aber schien es ihm nicht sinnvoll, das unansehnliche Buch zu behalten. Er brachte es zu dem kleinen Trödlerladen um die Ecke und bekam eine Mark dafür, aber auch nur deshalb, weil ihn der Besitzer des Ladens kannte. Dessen Stimme war durch den in die Lunge eingedrungenen Bücherstaub etwas heiser geworden. Bibli fühlte sich in den schwieligen Händen sofort geborgen. Der Alte erinnerte ihn an einen Flößer. Zweifellos verstand er es, die richtigen Bücher zu den richtigen Menschen zu bringen und geduldig eine stabile Brücke vom Buch zu seinem Leser zu bauen. Er beschützte in seinem Laden zahlreiche Werke unbeachteter Autoren in ihrer Störanfälligkeit und holte sie immer wieder aus ihrer Einsamkeit heraus. Manches Buch, das hier einkehrte, wartete sicher bereits seit mehr als dreißig Jahren darauf, dass der ihm allein bestimmte Besitzer durch die Tür kam, es oft nur für ein paar lumpige Mark adoptierte und ein Zusammenleben mit ihm wagte.

Auch Bibli befürchtete eine lange Lagerung in dem muffigen Raum. Plötzlich ging die Türklingel, und ein älterer Herr trat ein. Er wurde von dem Trödler höflich und zuvorkommend als Herr Wirsch-Morinski begrüßt. Der Mann war fast kahlköpfig. Nur ein schmaler Haarkranz umrahmte die Schläfen und den Hinterkopf der kugeligen Schädeldecke. Er trug eine Brille mit extrem starken Gläsern, durch die er missmutig auf die ausgelegten Bücher schaute. Sein Mund war breit, seine Lippen aufgeworfen. Vielleicht hätte der französische Maler Toulouse-Lautrec so ausgesehen, wenn er älter geworden wäre. Rasch überflog er die Buchtitel. Auch Herrn Bibli nahm er kurz ins Visier, blickte aber gleich wieder fort. Später kehrte er zu ihm zurück und fragte den Händler: »Was verrlangen Sie fürr dieses Buch?« Herrn Bibli fiel in der Aussprache des Käufers das rollende R auf.

»Zehn Mark«, meinte der Trödler. Der Herr entnahm, ohne zu handeln, seiner Geldbörse einen Schein, gab ihn dem Händler, klemmte Herrn Bibli unter den Arm und wollte gehen. Der Ladner fragte: »Brauchen Sie nicht eine Tüte?« – »Nein, danke«, entgegnete der Herr. Und da wollte der Händler einen Scherz machen. Er meinte: »Herr Wirsch-Morinski, Sie werden das Buch doch nicht sofort kritisieren wollen?« Doch der Herr hatte, ohne zu antworten, bereits den Laden verlassen.

Herrn Bibli durchzuckte eine düstere Ahnung. War das etwa ein Kritiker, der ihn eben unter den Arm geklemmt hatte? Ja, Herr Bibli glaubte, sich zu erinnern, sein Bild einmal in einer Tageszeitung gesehen zu haben. Und dann diese Stimme!

Jeder Kritiker, so hatte Bibli festgestellt, hatte ein typisches Merkmal, das ihn für die Leserschaft und mehr noch für jedes Buch einprägsam machte. Nicht nur das rollende R war also etwas Besonderes, wenngleich es dem Hörer signalisierte, dass in dieser vokalen Häckselmaschine nur weniges

Bestand haben würde. Nein, es gab auch andere Kennzeichen. So konnte ein Kritiker äußerst beleibt sein, so dass man ihm sofort ansah, wie er mit seinem Gewicht Bücher zu erdrücken und Gedanken zu unterjochen vermochte. Ein anderer gab mit dem nervösen Zucken seines linken Auges zu verstehen, dass er auf Grund dieses Leidens nur gewillt sei, die makellosesten Bücher zu lesen. Alle anderen würde er mit einem Zwinkern nicht nur aus dem eigenen Gedächtnis, sondern aus der Erinnerung der gesamten Menschheit wegwischen. Wieder ein anderer zeigte auf seinen Lippen ein stets gleich bleibendes gefährliches Grinsen, als machte er sich ständig über alle Bücher lustig, und erregte in allen, die ihn so sahen, den Wunsch, ihm möge ein Buch begegnen, dessen Lektüre das widerliche Lächeln in seinem Gesicht für immer zum Verschwinden brächte.

Als Wirsch-Morinski seine Wohnung betrat und in sein Arbeitszimmer ging, erkannte Bibli, dass er sich nicht geirrt hatte. Hätten ihm nicht schon die mit unzähligen Büchern vollgepferchten Regale gezeigt, dass er es mit einem Büchernarren zu tun hatte, so verriet die Doppelseite einer aufgeschlagenen Tageszeitung, die mit Buchbesprechungen gefüllt war und das Bild Wirsch-Morinskis zeigte, den Beruf des Mannes eindeutig.

Jetzt erinnerte sich Bibli, den der Kritiker unterdessen auf den Schreibtisch gelegt hatte, an einige Fernsehinterviews mit diesem Herrn und an einige seiner Äußerungen, deren Arroganz ihn damals irritiert, ja sogar abgestoßen hatte. Zwei Zitate fielen ihm jetzt wörtlich ein, und er konnte Wirsch-Morinski förmlich hören, mit seinem rollenden R und seinem leichten Sigmatismus: »Krritisieren heißt immerr übertrreiben. Werr nicht übertrreiben kann, soll nicht krritisieren.« Und: »Litteraturr ist konzentrriertes Leben. Leben ist nicht mehr als Litteraturr.« Mit diesen Zitaten tauchten in Biblis Bewusstsein weitere Informationen auf, die er damals wohl gespeichert hatte. Wie war doch dieser Herr in der Sendung genannt worden? »Der größte Großkritiker der Literaturbranche im Lande« und »Der Literaturpapst«. Der Interviewer hatte die feuilletonistische Eloquenz gepriesen, aber auch sein willkürliches Urteilsvermögen, seine Machtgier im Literaturbetrieb gegeißelt. Das Lob kommentierte Wirsch-Morinski mit keinem Wort. Auf den Tadel entgegnete er barsch: »Rreden Sie keinen Unsinn!«

Herr Bibli hatte daraufhin selbst einige Kritiken des Giganten gelesen. Es waren donnernde Verrisse, gewaltige Machtworte, die für einige Bücher das literarische Todesurteil bedeutet hatten. Herr Bibli fühlte sich ergriffen, und Wirsch-Morinski schlug ihn auf. Als Buch blickte Bibli in die zusammengekniffenen Augen des Mannes, die sich mit den aufgeworfenen Lippen zu einem verächtlichen Mienenspiel vereinigten. Immer schneller blätterten die kräftigen Finger die Seiten um, vor und zurück; schließlich klappte Wirsch-Morinski das Buch jäh zu und warf es mit Nachdruck auf den Schreibtisch. »Schwachsinn!« murmelte er. »Das langweilt.«

Er erhob sich und ging aus dem Zimmer. Bibli waren von dem brutalen Schlag die Sinne geschwunden„ Als er wieder zu sich kam, fühlte er, wie unaufhaltsam Hassgefühle in ihm emporstiegen, die nach Entladung drängten. Es war nicht nur seine Abscheu, es war die Wut und die Verachtung aller Bücher, die hier niedergeknallt und vernichtet wurden, nachdem sie vor den zusammengekniffenen Augen des Literaturmonsters keine Gnade fanden. Sie alle hatten ohne Absicht dazu beigetragen, dass sich der zweifellos einst sympathische Mund angewidert nach unten verzog und fortan aussah, als gehörte er einer unersättlichen bücherfressenden Pflanze. Bibli wurde von Ekel gewürgt. Unwillkürlich musste er aufstoßen, und dies befähigte ihn, auf dem Schreibtisch kleine Sprünge zu vollführen.

Es ist nicht sicher, ob Wirsch-Morinski, angezogen von dem dumpfen Klopfen, das Bibli durch seine Bewegungen verursachte, das Zimmer betrat oder ob er dies auch ohne die Geräusche getan hätte, jedenfalls kam er in den Raum und ging, ohne Bibli eines Blickes zu würdigen, an ihm vorbei. Er blätterte in einigen Unterlagen und wendete sich dann abrupt dem Buch zu. Sein ganzes Gesicht schien Bibli noch einmal die Ablehnung zu bestätigen, die er für Literatur dieser Art empfand.

Von einer ungeheuren Kraft emporgerissen, warf sich Bibli unversehens auf den Kritiker und traf dessen faltendurchzogene Stirn derart, dass der Mann nach rückwärts taumelte. »Na«, stieß er hervor, schien dann aber kurzfristig die Besinnung zu verlieren. Darauf deuteten seine verdrehten Augen hin und auch der Tatbestand, dass seine Beine leicht einknickten.

Als dem Kritiker der erste Angriff des Buches zu Bewusstsein kam, schrie er nicht vor Entsetzen auf. Er blieb ganz ruhig. Ein Leben lang hatte er Bücher in Mengen attackiert, verurteilt, vernichtet. Die wenigen, denen er Gutes angetan hatte, die er gelobt, denen er zum Erfolg verholfen hatte, konnten ihn nicht retten. Er hatte längst auf den Gegenschlag der Horde von Büchern gewartet, die von ihm zu Grunde gerichtet worden waren. Er konnte es fast nicht glauben, dass nach so vielen Jahren jetzt nur ein einziges zurückzuschlagen wagte, ihn angriff, sich tätlich gegen ihn zur Wehr setzte.

Auch den zweiten Stoß nahm der Kritiker geradezu gefasst entgegen. Die linke Augenbraue war aufgeplatzt. Blut rann ihm aus diesem Verriss über das Lid. Er tastete danach und wich still zur Tür. Er ging dabei rückwärts und behielt Bibli im Auge, denn er wusste, wann es ratsam war, ein Buch nicht aus dem Blick zu verlieren. Dennoch war er unvorbereitet, als es ihm mitten ins Gesicht fuhr. Aus der Nase rann Blut auf die wulstigen Lippen.

Der Kritiker öffnete die Tür einen kleinen Spalt,

das Buch lag jetzt am Boden. Der Verletzte zwängte sich hindurch und wollte die Tür wieder schließen. Das Buch aber hüpfte mit einem Satz in den Spalt und verhinderte das Zuziehen. Der Kritiker ließ die Tür los, tappte rückwärts zur Treppe. Als er am Absatz der obersten Stufe stand, halb blind von dem jetzt stärker fließenden Blut und wie betäubt vom Schmerz der erhaltenen Schläge, flog das Buch mit der Wucht aller aufgestauten Wut auf ihn zu und traf ihn mit der Kante am Hals, an dessen empfindlichster Stelle. Der Mann verlor die Besinnung, taumelte, kippte hintüber und stürzte, groteske Purzelbäume schlagend, die sechzehn Stufen der Treppe hinunter, bis er am Fuße derselben leblos liegen blieb. Das Buch verharrte bebend auf der obersten Stufe und verfolgte erregt den Sturz des alten Mannes. Beide, der Täter und das Opfer, schienen im gleichen Augenblick zur Ruhe zu kommen. In beiden lösten sich, gleichzeitig und einander bedingend, die Spannungen, die Verkrampfungen und die Antipathien. Im selben Maße, wie der Sterbende mit einem Mal Liebe für seinen Mörder empfand, begann der Täter sein Opfer zu achten.

Und doch: Als Bibli den Leichnam vor sich liegen sah, fühlte er Stolz in sich. Er war wohl das erste Buch der Welt, das einem Kritiker so unmittelbar und sozusagen »eigenhändig« den Tod gebracht hatte, einem Richter, der selbst schon über unzählige Bücher das Todesurteil verhängt hatte. Aber während diese Bücher bis zu ihrem endgültigen

Exitus oft noch Jahre unter den unwürdigsten Bedingungen in Lagerkellern, in Ramschabteilungen, auf Wühltischen von Kaufhäusern zubringen mussten, bis sie endlich, zu Brei makuliert, dem Vergessen anheim fielen, hatte er diesen Kritiker mit einem Stoß, also vergleichsweise barmherzig ins Jenseits befördert und mit dieser Tat einen seit Jahrhunderten fälligen Racheakt an wenigstens einem Exemplar dieser Gattung vollzogen.

»Wer ein Buch angreift, wird durch ein Buch umkommen«, dachte Bibli in Abwandlung eines Wortes der Heiligen Schrift.

Der Leichnam wurde entdeckt, als der Bote der großen Tageszeitung, für die Wirsch-Morinski gearbeitet hatte, eine neue Ladung von Romanen, Lyrikbänden und Erzählungen bringen wollte. Da ihm diesmal nicht wie üblich sofort geöffnet wurde, blickte er durch das kleine Fenster neben der Haustüre, das ihm den Blick durch den Flur zum Fuß der Treppe freigab, wo er den Kritiker regungslos liegen sah. Deshalb fühlte sich der Überbringer der Bücher gezwungen, die nicht unerhebliche Anzahl von dreiundvierzig Büchern unkritisiert wieder in die Zeitungsredaktion zu fahren, wo sie mehrere Monate liegen blieben, bis ein neuer gefürchteter Mann gefunden war, der sich ihrer anzunehmen versprach. Kurz darauf erschienen von diesem mehrere Kritiken in der Zeitung, und alsbald machte unter den Literaten das Wort die Runde: »Der Papst ist tot, es lebe der Papst!«

# Vierter Teil

Das Buch ist eines der größten Weltwunder,
es ist ein materielles Gefäß
für das Immaterielle, den Geist!
Das hat es mit dem Menschen gemein.

GERHART HAUPTMANN
(1862-1946)

## 20

Die Totenuhr, der Trotzkopf, der Brotkäfer, der Bücherskorpion, der Bücherwurm, der Schimmelpilz, Mäuse und Ratten können ganze Bibliotheken zu Grunde richten. Feuchtigkeit lässt Papier aufquellen und erzeugt Stockflecken. Sonnenlicht bleicht die Farben aus und vergilbt das Papier. Der Säuregehalt beschleunigt den Alterungsprozess unzähliger Bände und lässt sie schließlich zu Staub zerfallen. Schlimmer als diese Feinde aber sind für Bücher oft der eigene Inhalt und besonders der Mensch. Er reißt beim Umblättern Seiten ein, beschädigt gedankenlos beim Herausnehmen eines Buches aus dem Regal dessen Rücken, verwendet Bücher als Unterlage für schiefstehende Möbel oder benutzt sie als Wurfgeschoss. Er scheut sich nicht, Bücher mit fettigen oder in anderer Weise beschmutzten Fingern anzufassen, biegt sie beim Aufschlagen zu weit auseinander, fährt mit der Faust kräftig über die Seitenheftung, kritzelt auf dem Papier herum, legt sie rücksichtslos längere Zeit geöffnet auf das Gesicht, lässt sie im Freien liegen, jeder Witterung ausgesetzt, und verwendet sie nicht selten sogar als Brennmaterial.

Herr Bibli befand sich in einem desolaten Zustand. Er hatte in den letzten Tagen vieles über sich ergehen lassen müssen. Als die Erben den Haushalt des Kritikers Wirsch-Morinski auflösten, gelangte Bibli in die Hände eines kleinen Buchbinders. Der Mann war aber mehr als nur das, er war Buchliebhaber und hatte sich als solcher im Laufe der Jahre die Kunstfertigkeit erworben, Bücher, die in schlechtem Zustand zu ihm kamen, vorbildlich zu restaurieren. Bibli musste die zu diesem Zweck notwendigen Operationen ohne Narkose an sich vollziehen lassen. Allein der Anblick der Werkzeuge rief in ihm äußerst unangenehme Erinnerungen an chirurgisches Instrumentarium wach. Auf dem Arbeitstisch lagen unter anderem eine Rückensäge, Schärfmesser, Fixierspritzen, Schabeisen, Pfrieme, Falzbeine, Linienrollen, Fileten, irisches Moos und das so genannte »Herz«, das man zum Heften auf Schnur benötigte, um die Scharnierbewegung des Buchrückens zu erreichen.

Bibli litt Höllenqualen. Er wurde gereinigt, eingeknickte Ecken wurden entfaltet und geglättet, Spezialkleber fügten Risse zusammen. Am scheußlichsten aber waren die Prozeduren an seinem Rücken. Der Buchbinder legte sein Rückgrat frei, und Bibli hatte Nadelstiche, unangenehme Druckbelastungen, ätzende Klebebindungen und Schmerzen zu ertragen, wie sie beim Auskugeln von Gelenken verursacht werden. Mehrmals verlor er das Bewusstsein, und als er nach Tagen auf Samt gebettet erwachte, traute er dem Frieden nicht, zuckte deshalb zusammen, als ihn der Mann mit vorsichtigem Griff von diesem Lager aufnahm, um ihn womöglich neuen Folterungen auszusetzen. Dem war nicht so.

Bibli fühlte sich in die Hände eines elegant gekleideten Herrn gelegt, der mit gebotener Vorsicht seinen rundum erneuerten Korpus untersuchte, behutsam in ihm blätterte und mehrmals seinem Wohlgefallen Ausdruck verlieh. Nach geraumer Zeit legte der Herr Bibli vorsichtig auf den Tisch, zog seine Brieftasche und entnahm ihr einige Hundertmarkscheine, die er neben Bibli legte, woraufhin er das Buch an sich nahm. Lächelnd sprach er einen kleinen Vers vor sich hin:

»Meines Lebens Wunsch ist stiller Friede,
Guter Bücher eine kleine Zahl,
Ein geprüfter Freund mit einem Liede
Und der Sparsamkeit gesundes Mahl.«

Er dankte dem Buchbinder und verließ dessen Haus.
Bibli wurde auf die weichen Polster des Rücksitzes einer Luxuslimousine gelegt, und der feine Herr ließ sich vom Chauffeur in seine Villa kutschieren. Dort wurde Bibli von seinem neuen Besitzer durch viele kostbar eingerichtete Räume getragen. Schließlich hielt der Mann vor einer wuchtigen Tresortüre an. Darauf war mit Goldlettern ein Sonett eingeprägt, das in weihevollem Tone den Schutz des Allmächtigen für das erflehte, was sich hinter dem Stahltor verbarg:

Gieß den Segen, Herr, aus deinen Händen
über diesen Raum, wo Geistes Fülle

Wohnung fand in vieler Bücher Hülle.
Hüt das Haus uns vor Gefahr und Bränden,

Wollest gnädig deine Hilfe spenden
Denen, die in echter Wissensliebe
Hier sich finden aus der Welt Getriebe.
Lass ihr suchend Werk sich gut vollenden.

Denn wir glauben, alles Wissens Samen
Ist ein Teil von deinem ew'gen Sein,
Weisend zu der wahren Gottesruhe.

Wenn wir einst uns zu des Grabes Truhe
Neigen, leuchte uns von hier ein Schein
Und erhell' den letzten Tag uns. Amen.[1]

Der elegante Herr hatte inzwischen mit geübtem Griff am Tresorschloss hantiert, worauf sich nach kurzer Zeit lautlos die Tür öffnete und den Blick auf eine monumentale, kostbare Bibliothek freigab. In Regalen aus teuren, dunkel glänzenden Hölzern ruhten edle Prachtbände, ihre ledermatten Buchrücken mit Goldprägung dem Betrachter zuwendend.
Bibli wusste, dass er einem Bibliotaphen in die Hände gefallen war, der es sich leisten konnte, in dieser vornehmen Büchergruft die wertvollsten Exemplare der Gattung Buch zur Ruhe zu betten. Es sah nicht so aus, als nähme der Besitzer

[1] Nach dem Rituale Romanum, übertragen von Hermann Kurtz.

häufig einen seiner Schätze zur Hand. Er hortete das Gut hier nur und schien es auch keinem anderen zugänglich zu machen. Hier also, so ahnte Bibli, würde seine Endstation sein. In dieser Totenhalle würde er, abgeschnitten von Licht, Luft und Leben, auf unbegrenzte Zeit dahinvegetieren müssen. Dunkelheit und eine automatisch geregelte Klimaanlage wären das einzige, was ihm wie allen anderen Büchern zugestanden würde.

Diese Wahrheit erkannte Bibli, als er in die kalten, besitzgierigen Augen des feinen Herrn blickte, der nach einem geeigneten Abstellplatz für ihn suchte. Hatte nicht Erasmus von Rotterdam Recht, so dachte Bibli, der sagte: »Nicht die haben die Bücher recht lieb, welche sie unberührt in den Schränken aufheben, sondern die sie Tag und Nacht in den Händen haben und daher beschmutzt sind, welche Eselsohren darein machen, sie abnutzen und mit Anmerkungen bedecken.«

In Bibli stieg ein unendlich trauriges Gefühl der Ohnmacht auf. Aber im gleichen Augenblick begann er in seinem Geist nach einer Rettung aus dieser misslichen Lage zu suchen.

Der Mann hatte jetzt einen Platz gefunden. Er holte die Büchertreppe und stieg darauf hoch. Stolz drehte er Bibli in seinen Händen, dann öffnete er ihn noch einmal, blätterte spielerisch in ihm, las einzelne Gedanken. Biblis letzte Gelegenheit war gekommen. Er dachte die unflätigsten Ausdrücke, die schamlosesten Situationen, die ihm einfielen, er konzentrierte sich auf geistlose Aussagen, wiederholte sie sinnlos plappernd in einem fort. Der Mann stutzte, er blätterte um, las, sein Gesicht erstarrte zur Maske, er wendete Seite um Seite, immer schneller, seine Schläfen schwollen an, krebsrot wurde das Gesicht, und die Augen quollen aus den Höhlen, noch hektischer wühlte er in den Seiten des Buches, ein gurgelnder Aufschrei entfuhr seinem Mund, rückwärts stolperte er die Büchertreppe hinab, stürzte fast und konnte dennoch seine Augen nicht von Biblis schmutzigen, flachen Gedankengängen abwenden; er eilte in Richtung Tresortüre, kümmerte sich nicht darum, ob sie sich auch schloss, strebte dem Ausgang zu, entriss seinem Chauffeur den Autoschlüssel, sprang in den Wagen, warf Bibli auf den Beifahrersitz, startete und raste mit quietschenden Reifen aus der Parkeinfahrt auf die Straße.

Bibli fühlte zum ersten Mal, seit er Buch war, ein Lächeln in sich aufsteigen, ein boshaftes, siegesgewisses Lächeln, das nichts Gutes verhieß.

## 21

Das Auto drehte sich fast um sich selbst, sauste los wie ein Pfeil. Bibli kannte das Ziel des feinen Herrn: er wollte zu dem Buchbinder, um ihm seine Entrüstung ins Gesicht zu schleudern, dass er ihm dieses wertlose, obszöne Buch verkauft hatte, das er um ein Haar seiner elitären Bibliothek eingegliedert hätte.

Aber Bibli war sich nicht sicher, wie die Auseinandersetzung zwischen den beiden ausgehen würde, und ob es ihm selbst gelänge, auch weiterhin die gedankliche Niveaulosigkeit aufrechtzuerhalten, so dass der Bibliomane nach wie vor von seiner Wertlosigkeit überzeugt bliebe.

Und was würde der Buchbinder mit ihm anfangen, wenn er zu ihm zurückkäme? Vielleicht würde er das Buch im Affekt zerstören oder versuchen, es einem anderen Bücherirren aufzudrängen? Bibli wusste: er war noch längst nicht aus dem Gefahrenbereich heraus, der seine Existenz bedrohte. Es gab nur eine Möglichkeit zu entrinnen. Er musste sich von seinem augenblicklichen Besitzer befreien. Doch dies konnte nur gelingen, wenn er den Mann unschädlich machte, bevor dieser ihn zum Buchbinder zurückbringen konnte.

Bibli hatte sich mit diesem Gedanken in erhebliche Erregung versetzt, er spürte, wie sein Körper zu vibrieren begann. Jetzt warf der Mann einen kurzen Blick auf Bibli, der so geringschätzig, verächtlich und gehässig war, dass Bibli seine aufgestaute Spannung nicht mehr zu zügeln vermochte.

Er fuhr hoch und fegte mit einem scharfen Schlag seiner Kanten beide Hände des Mannes vom Lenkrad. Beim Rückstoß nach dieser heftigen Attacke riss er ihm noch die Brille von der Nase, die an die Windschutzscheibe flog, zerbrach, zurückfederte und auf dem Beifahrersitz liegen blieb. Das Auto raste mit überhöhter Geschwindigkeit auf der Landstraße dahin, so dass die wenigen Sekunden, in denen der Fahrer die Hände vom Steuer nahm, ausreichten, um den Wagen von der Fahrbahn abkommen zu lassen. Er schlingerte an einem Kilometerstein vorbei, geriet in eine parallel zur Straße verlaufende Erdrinne, vollführte daraufhin einen Überschlag, schlitterte quer über den Asphalt und raste haltlos auf einen Baum zu, den er beim Aufprall fast gefällt hätte. Der Lenker des Wagens durchschlug das Autofenster und klatschte mit einem dumpfen Schlag auf dem Boden. Sofort bildete sich um seinen Körper ein dunkelroter Fleck, der sich durch den rhythmisch pulsierenden Blutstrom rasch vergrößerte.

Bibli war im Wageninneren verblieben, hatte sich unter dem Vordersitz festgeklemmt und auf diese Weise den Überschlag überstanden, ohne herumgeschleudert zu werden. Es dauerte nicht lange, da näherte sich dem Unfallort ein PKW. Er hielt. Ein Mann und eine Frau stiegen aus, gingen zögernd und mit erschrockenen Gesichtern auf den schwer Verletzten zu. Während der Mann begann, die Unfallstelle abzusichern, setzte sich die Frau wieder in ihren Wagen und fuhr los, um Hilfe zu holen.

Polizei und Notarzt trafen nach achtzehn Minuten am Ort des Geschehens ein, wo sich inzwischen bereits etliche Schaulustige eingefunden hatten, um den Rettungs- und Bergungsarbeiten zuzusehen.

Um Herrn Bibli kümmerte sich zunächst niemand. Er war ganz ruhig geworden und bereute seine Tat nicht. Er fühlte, dass er frei war.

## 22

Vor dem Abtransport des Unfallwagens holte die Polizei aus dem Innenraum alle noch greifbaren Habseligkeiten des Unfallopfers. Sie fand nicht viel: seine Papiere, Schecks und Bargeld in einer Brieftasche und ein Buch.

Sofort nach der Einlieferung in die Rettungsstation des Krankenhauses war der schwer Verletzte zwar noch einer Notoperation unterzogen worden. Doch nach wenigen Minuten hatte sein Herz ausgesetzt; der Mann war tot.

Ein Hauptwachtmeister, der die Nachricht der Familie zu überbringen hatte, lieferte auch die Fundsachen ab. Wie üblicherweise bei Todesnachrichten spielten sich erschütternde Szenen ab. Die Witwe brach ohnmächtig zusammen, das Hausmädchen erhielt infolge eines Weinkrampfes von einem herbeigerufenen Notarzt Beruhigungstabletten. Der Witwe verabreichte er eine Spritze. Der Anwalt des Hauses, der sofort verständigt worden war, ließ sich von den Beamten alle Einzelheiten des

Unfalls schildern, soweit sie bekannt waren. Ein Fremdverschulden konnte nicht festgestellt werden. Es wurde angenommen, dass der Verunglückte infolge Übermüdung die Herrschaft über seinen Wagen verloren hatte.

Die Leiche war inzwischen in die Totenkammer verlegt worden. Ein Pfleger drückte dort dem Verstorbenen das linke Augenlid zu, das zu blinzeln schien. Den schlaff herabhängenden Unterkiefer stützte man durch ein um den Kopf gebundenes Tuch, damit der Mund geschlossen blieb. Die Leiche wurde gestreckt und vollständig zugedeckt. Stunden später transportierte man die sterblichen Überreste in die Leichenhalle.

Dort erfolgte die Reinigung des Toten durch zwei angestellte Leichenwäscherinnen. Dies geschah noch vor Eintritt der Totenstarre. Später wurde der Mann auf eine Unterlage aus leicht verrottenden Sägespänen in einen einfachen Sarg gebettet, wie es von ihm in seiner letzten Verfügung gefordert worden war. Die Angehörigen fügten sich anstandslos seinem Willen, auch wenn er ihnen nicht standesgemäß dünkte.

Die Witwe besorgte sich tags darauf eine stabile Kassette aus festem Eichenholz und ein spezielles Spray aus einer Drogerie. Bibli wunderte sich, dass der Behälter in seiner Nähe geöffnet wurde. Er selbst lag neben der Brieftasche des Verstorbenen im Wohnzimmer.

Als die Witwe ihn unter Tränen mit dem Spray

einsprühte, war Herr Bibli zu keiner Reaktion fähig. Die neblige Flüssigkeit raubte ihm zudem fast die Besinnung, wurde aber sofort von der Oberfläche des Einbandes aufgesaugt und trocknete rasch. Dann wurde Bibli in die Eichenkassette gelegt, der Deckel wurde geschlossen und der Behälter versperrt. Herr Bibli hörte noch, wie die Frau schluchzend ihrer Bedienerin erklärte, dass es der letzte Wille des Verblichenen gewesen sei, dereinst nach seinem Ableben ein Buch mit ins Grab zu nehmen, und da sich dieses Exemplar zur Todesstunde bei ihm befunden habe, habe sie sich begreiflicherweise dafür entschieden. Ein Weinkrampf unterbrach ihre Erklärung. Wer hätte gedacht, dass ihr Gatte so jäh und so grausam aus seinem reichen Schaffen gerissen würde.

Die Kassette wurde umgehend ins Leichenhaus gebracht und dort in den Sarg an die rechte Seite des Toten gebettet. Bibli musste unwillkürlich an die althochdeutsche Bedeutung des Wortes »Buch« denken: »buoh« bezeichnete »zusammengebundene Buchenholztafeln«, die man in alten Zeiten beschriftete. Glichen sie nicht Sargbrettern, zwischen denen die Gedanken lautlos ruhten? Durch das Schlüsselloch erkannte Bibli an der Hand des Leichnams blaugrüne Totenflecken, und süßlicher Verwesungsgeruch drang in den engen Raum, an den sich der Gefangene aber rasch zu gewöhnen vermochte. Er wunderte sich, dass er diese erregenden Vorgänge wie ein Außenstehender nur mit einem Gefühl der Neugier und des leichten Bedauerns verfolgte.

Dumpf hörte er am Tage der Beerdigung die Ansprachen, welche Freunde und Mitarbeiter an der Bahre des Toten hielten. Alsbald rollte der Sarg auf dem Leichenwagen der Grabstätte zu, schwankend glitt er in die mannstiefe Grube hinab und setzte unsanft auf dem Grund auf. Auf den Deckel der Truhe polterten schwarze Erdklumpen, die von den Angehörigen als letzter Liebesdienst mit einem kleinen Spaten in das Grab geschippt wurden.

Nach der Feier wurde die Grube umgehend mit Erde gefüllt. Bald erstarb das Gerumpel der Erdmassen und Gesteinsbrocken. Es herrschte Totenstille, tiefe Dunkelheit, dumpfe Stickigkeit.

»Die unerträgliche Bedrückung der Lungen – die erstickenden Dünste der feuchten Erde – das Kleben der Totenkleider – die unnachgiebige Umarmung des engen Hauses – die Schwärze der absoluten Nacht, die wie ein Meer überwältigende Stille – die unsichtbare, ach so greifliche Gegenwart des Eroberers Wurm all dies, im Verein mit den Gedanken an die Luft und das Gras droben über uns, mit der Erinnerung an liebe Freunde, die herbeifliegen würden, uns zu erretten, wären sie nur von unserem Schicksal unterrichtet, und mit dem Bewusstsein, dass nichts sie je von diesem Schicksal mehr wird unterrichten können – dass unser hoffnungsloses Teil das der wirklich Toten ist – diese Erwägungen, sag' ich, erfüllen das Herz, das immer noch pochende, zuckende, mit einem Grade von qualvollem, unerträglichem Entsetzen, den auch die wagendste Imagination nicht auszudenken vermag. Nichts Furchtbareres wissen wir auf dieser Erde nichts halb so Grässliches kann uns von den Reichen der untersten Hölle träumen.«

Herr Bibli empfand seinen Stolz grotesk, den er fühlte, als er sich in seiner Lage wortwörtlich an die Sätze erinnerte, die er einst bei Edgar Allan Poe gelesen hatte. Auch er war lebendig begraben und lebte.

Als Buch war es ihm nicht vergönnt zu ersticken. Er verlor rasch jedes Gefühl für Zeit. Bemerkte er zu Anfang noch den üblen Verwesungsgeruch und das Einsickern der Leichensäfte, hörte er zunächst noch das Knacken, das durch den Einbruch von Holzteilen des Sarges verursacht wurde, und die reibenden Geräusche, die vom Gewürm herrühren mochten, so stumpfte er mit den Tagen, Wochen und Monaten immer mehr ab. Er verfiel in einen Dämmerzustand, verlor jede Empfindung, Vergangenes, Gegenwärtiges und Zukünftiges vermischten sich zu einem unbestimmbaren Zeitknäuel. Es war, als lastete ein ununterbrochener, aber deshalb immer weniger beunruhigender Albtraum auf ihm.

Anfänglich hatte Bibli mehrmals eine zwanghafte Halluzination, die er jeweils erst im Nachhinein als Ding der Unmöglichkeit erkannte, die ihm vorgaukelte, dass der Verstorbene nur scheintot sei, und er fragte sich, ob der Leichnam diesbezüglich untersucht worden war. Hatte der Arzt die Augenschau vorgenommen und gesehen, dass die Augen des Mannes gebrochen, getrübt und ausgetrocknet waren? War festgestellt worden, dass die Pupillen völlig erweitert und gegen Licht unempfindlich geworden waren? Hatte man die Finger des Toten gegen das Licht gehalten und gemerkt, dass sie nicht mehr durchscheinend waren? Und wie stand es mit der Leichenblässe und der Totenkälte? Und wurde auch bei der Öffnung von Blut- und Pulsadern festgestellt, dass kein Blut mehr floss? War die Totenstarre zeitgerecht eingetreten, und hatte man beginnende Fäulnis beobachtet, bei der sich die Haut mit blaugrünen Totenflecken überfärbte und blasig auftrieb? Wurde übler Geruch wahrgenommen, und hatte man aus Mund und Nase eine missfarbige, stinkende Flüssigkeit ausfließen sehen? Hatte sich die Totenstarre dabei gelöst, die zunächst durch die geronnenen Eiweißkörper hervorgerufen worden war und erst durch die Bildung von Zersetzungsprodukten bei beginnender Fäule verschwinden konnte?

Punkt für Punkt und sich gedanklich im Kreise drehend bemühte sich Bibli um die Beantwortung dieser Fragen, während er dicht an die leblose Körperhülle des Toten geschmiegt lag.

Ein anderes Mal beschäftigte ihn lange Zeit das Problem, inwieweit infolge der Zusammenziehung der Haut bei einem Toten Haare und Nägel etwas weiter hervorzutreten pflegen, was man früher für ein Wachstum dieser Teile nach dem Tode hielt. Er wusste jedoch nicht, ob Haare und Nägel auch im Grabe noch wuchsen. Wilde Fantasien peinigten ihn. Er spürte, wie einst gelesene Sätze ständig in seine Gedanken einflossen, und sie drehten sich nur um Verwesung. So fraßen sich in ihn Abschnitte aus medizinischen Artikeln, die er fast wörtlich zu zitieren in der Lage war: »Die übliche Bestattungsweise der menschlichen Leichen ist, vom rein ärztlichen Standpunkt beurteilt, nicht sehr zweckmäßig. Denn anstatt die toten Menschenreste so schnell wie möglich ihrer natürlichen Bestimmung, der Zersetzung, zu übergeben, bemüht man sich, diesen durch Särge, sogar durch solche aus Metall, so lange wie möglich die menschliche Form zu erhalten. Die Dauer des Verwesungsprozesses ist je nach der Bodenbeschaffenheit des betreffenden Friedhofes verschieden; im Allgemeinen kann man sagen, dass in durchlässigen Sand- oder Kiesböden die Leichen von Kindern nach vier, die von Erwachsenen nach sieben Jahren, dagegen in undurchlässigem Lehm die ersteren nach fünf, die letzteren erst nach neun bis fünfzehn Jahren vollständig bis auf die Knochen zersetzt sind ... Bisweilen, besonders in sehr feuchten Gräbern sowie auf alten, mit Zersetzungsprodukten überfüllten Kirchhöfen, verwesen die Leichen nicht, sondern verwandeln sich in eine eigentümliche, wachsartige Fettsubstanz, in Leichenwachs ...«

Bibli war erstaunt, dass er fähig war, derart lange Zitate zu denken, und er erklärte es sich mit der optimalen Konzentrationsfähigkeit, die in seiner Lage durch keine anderen Einflüsse gestört werden konnte. Kurz darauf fiel ihm ein, dass er die Bodenbeschaffenheit dieses Friedhofes ja überhaupt nicht kannte, was ihn jedoch nicht besonders beschäftigte, da er derzeit mit Zeitspannen ohnehin nichts anzufangen wusste.

Neue Einzelheiten zogen in seiner Vorstellung auf: »Werden der Erde allzu viele Fäulnisstoffe zugeführt, wird sie mit denselben übersättigt, wie dies bei der immer wiederkehrenden Benutzung desselben Erdreichs zum Begraben der Fall ist, dann nimmt die Aufsaugungs- und Absorptionsfähigkeit der Erde ab. Die vorher lockere, poröse Schicht verwandelt sich in eine schwarze, feste, verfettete Masse, in welche die Luft nicht mehr in genügender Weise eindringen kann. Die Folge davon ist, dass an die Stelle der Verwesung ein Fäulnisprozess tritt, dessen Produkte ekelhafter und gesundheitsschädlicher Natur sind.« Bei dem Wort »gesundheitsschädlich« schüttelte Herrn Bibli ein lautloses Lachen. Gesundheitsschädlich, in meiner Lage, dachte er und er hatte dieses Wort stundenlang vor seinem geistigen Auge.

An einem anderen Tag kreisten seine Gedankengänge um die Ausmaße von Gräbern: »Die Grabestiefe beträgt zwischen 1,5 m und 1,7 m. Eine Erdschicht von einem Meter Tiefe genügt vollkommen, um das Entweichen von Gasen zu verhindern. Die geringere Tiefe des Grabes begünstigt den Zutritt von Luft, von Grundwasser und von tierischen Organismen zur Leiche und damit die raschere Zersetzung.«

Die Größe eines Grabes samt den nötigen Zwischenräumen, so errechnete Bibli – im Kopfrechnen war er von Kindheit an gut –, müsste also für den Erwachsenen 3,5 bis 4 Quadratmeter betragen, wenn man 1,7 m Breite und 2,3 m Länge veranschlagte. Für ein Kind wären es nur 2,5 Quadratmeter bei einer Breite von 1,4 m und einer Länge von 1,8 m.

Eine gewisse Hoffnung entstand in Bibli, als er über die Bestimmung des Zeitraumes nachdachte, nachdem ein Grab von neuem belegt werden durfte. Dieses ergab sich wohl, so kombinierte er, aus der Tatsache, dass auch in einem minder günstigen Boden die Leiche eines Kindes in fünf Jahren und die eines Erwachsenen in zehn bis fünfzehn Jahren bis auf die Knochen zerstört sei.

Dass Herrn Biblis Gedankengänge ausschließlich um diese Dinge kreisten, war weiter nicht verwunderlich, hatte diese Thematik doch engstens mit seinem derzeitigen Lebensraum zu tun. Jeder setzt sich notgedrungen mit seiner unmittelbaren Umgebung, mit seinem Alltag auseinander. Bibli lag im Grab, in einer stabilen Kassette aus Eichenholz, und lebte. Er war sich sicher, dass niemand vor ihm so lange lebendig begraben war wie er. Trost spendete ihm manchmal Alfred Kubins Einsicht: »Wenn wir irdisch erblinden, reift eine größere Natur.« Immer wieder sprach sich Bibli diese Worte vor und hatte dabei ein erhebendes Gefühl.

Wie lange er in dieser Umgebung noch zu verbleiben hätte, daran wollte Herr Bibli nicht denken. Wichtig erschien ihm nur, dass auch in seiner Situation Leben möglich war. Diese Tatsache verschaffte ihm eine tiefe Befriedigung.


## 23

Zuerst glaubte Bibli an eine Sinnestäuschung, als er plötzlich scharrende Geräusche hörte, die immer lauter wurden und sich ihm zu nähern schienen. Aber die stete Gleichmäßigkeit, die kaum je unterbrochen wurde, weckte in ihm alle Empfindungen, die er sich in der inzwischen wohl Jahre andauernden Gefangenschaft unter der Erde noch bewahrt hatte. War jetzt die Reihe an ihm? Würde irgendwelches Gewürm oder unterirdisch lebende Maden nach dem Leichenmahl sich durch die Kassette zu ihm hindurcharbeiten, um ihn, das Buch, zu zersetzen und seine Verwesung einzuleiten? Was war überhaupt noch von ihm übrig geblieben? Hatte nicht schon die Feuchtigkeit ihr Werk der Zerstörung an ihm begonnen, womöglich vollendet? Vielleicht gab es ihn überhaupt nicht mehr? Existierte gar nur noch sein Gefühl, Buch zu sein? War sein Geist für ewig hier fest gehalten? War das die Hölle? Oder sollte er jetzt irgendwie aus diesem Zustand befreit werden? Wurde seine Erlösung vorbereitet oder seine endgültige Zerstörung auf ewig?

Die Geräusche ließen nicht nach. Das Scharren war jetzt deutlich zu hören und nah. Plötzlich fühlte sich Bibli in der Kassette emporgehoben. Gleich darauf spürte er, wie er wieder nach unten stürzte, nach kurzem Fall unsanft aufschlug und durch die Erschütterung sich seine Lage in dem engen Raum geringfügig änderte. Die Kassette brach auf, und Bibli rutschte ein wenig ins Freie. Gleißendes Tageslicht blendete ihn. Er konnte nichts erkennen, ein lichter Nebel hinderte ihn daran. Nach einiger Zeit erst nahm er wieder Konturen wahr. Daneben hörte er das Geräusch einer Maschine. Als er erkannte, dass es sich um einen kleinen Schaufelbagger handelte, der das Grab ausgehoben haben musste, wurde der Motor abgestellt, und ein Mann schwang sich aus dem Sitz. Mit einem Blick auf einen neben ihm stehenden jungen Burschen erwähnte er, dass die Beerdigung der Frau morgen um zehn Uhr vormittags stattfinden würde. Danach bat er den jungen Mann, den Bagger in das Gerätehaus zurückzufahren, er selbst sei in der Leichenhalle. Damit entfernte er sich. Der Junge kletterte in den Führerstand, griff mit der Hand zum Zündschlüssel, schaute dabei auf den aufgeworfenen Erdhaufen und stieg wieder herab. Sichtbar auf der Oberfläche lagen einzelne Knochen, über die der Junge mit einer kleinen Schaufel Erde schippte, um sie zu bedecken.

Bibli überlegte, was seine jetzige neue Lage zu bedeuten habe. Rasch kam er zu dem Schluss, dass wohl die Witwe des reichen Mannes verstorben war und in das Grab ihres Gatten zur letzten Ruhe gebettet werden sollte. Sie hatte ihn vermutlich um etliche Jahre, vielleicht sogar um ein Jahrzehnt überlebt, dachte Bibli, wie ja häufig Frauen älter wurden als ihre Männer. Mit Genugtuung stellte er sich vor, dass nun die Frau, die ihn einst in seine missliche Lage gebracht hatte, selbst in einem engen Behälter an seiner Statt unter die Erde gelegt werden sollte. Zweifellos hatte sie es leichter. Sie war leblos und musste nicht wie er bei vollem Bewusstsein das Grauen in dem dunklen Verlies über Jahre hinweg durchleiden.

Im selben Augenblick aber erschrak Bibli, als ihm einfiel, dass er beim Auffüllen der Grube womöglich abermals unter die Erde müsste, um weitere Jahre grenzenloser Einsamkeit zu durchleben. Plötzlich fühlte er sich hochgerissen und fand sich in den Händen des Burschen, der ihn entdeckt hatte und nun interessiert musterte. Er wurde durchgeblättert und bemerkte dabei zu seiner Beruhigung, dass er zwar in desolatem Zustand war, aber durchaus noch als Buch bezeichnet werden konnte. Er erinnerte sich schlagartig an das Spray, mit dem die Witwe ihn damals besprüht hatte, bevor sie ihn in die Eichenholzkassette legte. Sicher war es ein chemisches Mittel, das seine Zerstörung verhindern sollte. Dies war also gelungen.

Der Bursche blickte um sich, entfernte Schmutzteilchen vom Umschlag, klopfte Bibli kräftig gegen den Oberschenkel seines rechten Beines, um die stärksten Verunreinigungen abzuschütteln, und steckte ihn dann in die Brusttasche.

Bibli spürte, wie sich sein neuer Besitzer auf den Grabbagger setzte, den Anlasser betätigte und sich von der Grube entfernte. Dabei durchströmte ihn ein Gefühl der Erleichterung, ja des Glücks, wie er es schon seit Jahren nicht mehr empfunden hatte.

Die Dunkelheit in der Brusttasche war Bibli angenehm, den Geruch des Schweißes atmete er ein wie den köstlichsten Duft. Als er wieder das Tageslicht erblickte, sah er sich von dem Burschen in einem Zimmer auf den Tisch gelegt. Anschließend wurde er in eine Schachtel verfrachtet, in der einige Schallplatten, Bücher und Zeitschriften aufbewahrt waren.

Eine Frau betrat den Raum. Sie blickte auf das Gerümpel und fragte den Burschen, was er um Himmels willen bloß mit all den Sachen vorhabe. Der Junge bat seine Mutter gereizt, sie möge ihn in Ruhe lassen. Morgen würde er das Zeug auf dem Flohmarkt verkaufen. Sie werde schon sehen, dass sich damit ein paar Mark verdienen ließen. Die Frau schüttelte den Kopf und ging nach draußen. Bibli war jetzt hellwach. Langsam begann er sich in der Zeit zurechtzufinden. Endlich gab es für ihn wieder ein Morgen.

## 24

Gierig saugte Bibli den Anblick der Menschen auf, die auf dem Bücherflohmarkt von Stand zu Stand schlenderten und in Ruhe die angebotenen Bücher begutachteten. Er selbst lag auf einem Tapetentisch und war sich klar, dass alle hier angebotenen Bücher tot waren, Kadaver, Attrappen, von denen sich ihre früheren Besitzer getrennt hatten, die nach einem neuen Eigentümer Ausschau hielten, um wieder zum Leben zu erwachen. Nur das Buch lebt, das geliebt und gebraucht wird. Vergessene Bücher, nach denen keiner mehr greift, mumifizieren.

In diesem Augenblick streichelte über Biblis Rücken liebevoll eine Hand. Als er von ihr aufgeschlagen wurde, blickte er in das Gesicht einer jungen Frau. Es war bleich, und die glanzlosen Augen sahen ihn voll Verlangen an. Sie war hoch gewachsen, ihre gebeugte Haltung indes wirkte greisenhaft. Sie hatte eine linkisch-scheue Ausstrahlung. Als sie Herrn Bibli näher ansah, spannte sich ihr Körper, kam Feuer in ihre Augen, wandelte sich die jugendliche Greisin zu einer weisen Liebhaberin voller Leidenschaft.

Bibli peinigten ihre begehrlichen Blicke, und diese Empfindungen steigerten sich augenblicklich zu rasenden Schmerzen, zum ersten Mal in seinem Leben stand er Todesängste aus.

Die junge Frau hatte sich inzwischen von ihm

abgewendet, aber Bibli spürte, als sie noch einmal zurückblickte, ihr begehrliches Verlangen; und umso stärker spürte er es, je weiter sie sich von ihm entfernte. Diese Begierde empfand Bibli als lebensbedrohenden Störfaktor in seinem Organismus, durch den er völlig aus dem psychosomatischen Gleichgewicht geriet.

Bibli war von dem brutalen Stich in sein Lebenszentrum, den er plötzlich fühlte, so überrascht, dass er ihn zunächst gar nicht in seiner immensen Heftigkeit empfand, sondern ihn eher mit verwundertem Befremden registrierte. Bevor er sich der Stärke des Schmerzes bewusst wurde, verlor er die Besinnung. Aber selbst in diesem Zustand spürte er noch, wie er langsam, unaufhaltsam das Buchformat zu sprengen begann, wie sich sein aufgeschnittenes Gehirn zusammenklumpte, wie sich sämtliche Extremitäten, aufbrechenden Geschwüren nicht unähnlich, daraus hervorstülpten, sein Rückgrat sich streckte und die darüber gespannte Haut zu platzen schien.

Bibli wurde gleichsam aus dem Buch ausgestoßen. Er erhielt seinen menschlichen Körper zurück, der unauffällig zu Boden rollte und, zunächst für keinen hörbar, dumpf dort aufschlug. Das Buch lag entseelt auf seinem alten Platz, schien ausgeglüht und zur Hülle erstarrt, und es tat, was auch früher in Biblis Regalen die Bücher zu tun pflegten: es kehrte ihm stumm den Rücken zu.

Als Bibli die Augen aufschlug, fand er seine Lage im Schmutz vor dem Stand entwürdigend. Unter

Aufbietung der letzten Kräfte rappelte er sich hoch, brachte seinen Körper mühsam zum Stehen, indem er sich auf die Tischplatte aufstützte, kam zitternd auf die Beine und war nur noch in der Lage, starr in die Ferne zu blicken. Sein Mund war schmerzhaft verzogen.

Jetzt wurden einzelne Besucher des Flohmarktes auf ihn aufmerksam, beäugten ihn unruhig und besorgt, konnten sich aber nicht entschließen, ihm zu Hilfe zu eilen.

Bibli erblasste, dann knickten ihm die Beine weg, sein Körper brach lautlos zusammen, machte eine unvollendete Halbdrehung nach rechts und lag erneut am Boden.

Fast im selben Augenblick kam Bewegung in die Menge, Rufe nach einem Notarzt waren zu hören, eine Frau eilte zum nächstgelegenen Telefon, um Hilfe anzufordern.

Wenige Minuten später war die Sirene des Rettungswagens zu hören. Inzwischen hatten viele Gaffer Biblis leblosen Körper umringt und sahen ihm interessiert beim Sterben zu. Aus einiger Entfernung blickte ängstlich auch die junge Frau herüber, kam aber nicht näher an den Unfallort heran.

Der herbeieilende Notarzt bahnte sich mit zwei Helfern energisch einen Weg zu dem Bewusstlosen und überprüfte, als er bei ihm angelangt war, kniend mit Hilfe von Kontrollgeräten dessen organische Reaktionen. Nach einigen Minuten stellte er sachlich fest: »Der Mann ist tot.«

Die Sanitäter holten daraufhin eine Trage und legten den Leichnam darauf, deckten ein Tuch über ihn und brachten ihn zum Wagen. Als das Objekt ihrer Neugierde verschwunden war, zerstreuten sich die Schaulustigen und wandten sich wieder den Tischen mit dem Trödel zu. Schon nach kurzer Zeit erinnerte nichts mehr an den unangenehmen Vorfall. Jetzt erst wagte sich die junge Frau näher an die Stelle heran, an der Bibli sein auch für ihn überraschendes Ende gefunden hatte. Obwohl sie mit stechendem Blick auf den Boden starrte, hatte sie doch nur das Buch im Sinn, das auf dem Tisch lag. Ohne es anzusehen, ergriff sie es schließlich und erkundigte sich mit tonloser Stimme nach dem Preis. Sie hörte teilnahmslos die Forderung des Burschen, bezahlte ohne Widerspruch, steckte das Buch mit raschem Griff in die weite Tasche ihrer Jacke und verließ, ohne sich noch einmal umzudrehen, den Platz.

Bibli war inzwischen in das gerichtsmedizinische Institut der Stadt gebracht worden, wo seine Obduktion angeordnet wurde. Man fand nichts, was sein Ableben als unnatürlich erscheinen ließ. Da seine Identität trotz Aufruf in Rundfunk und Presse nicht festgestellt werden konnte, durfte sein Leichnam auf Verantwortung der Behörden in der Anatomie der Universität zu Studienzwecken aufgearbeitet werden. Seine Reste wurden zu Asche verbrannt und später in einem Sammelgrab beigesetzt.

Zu Lebzeiten hatte Bibli, wie seine Freunde zu

erzählen wussten, stets die Grabinschrift Benjamin Franklins geschätzt, die er auch gerne für sich in Anspruch genommen hätte, und die lautete: »Benjamin Franklin, Drucker, dessen Körper wie der Einband eines abgenutzten Buches, losgelöst von Inhalt, Titel und Vergoldungen, hier ruht als Beute der Würmer. Das Werk selbst aber ging nicht verloren, weil, wie er fest glaubt, er in einer neuen und prächtigeren Ausgabe erscheinen wird, durchgesehen und verbessert vom Autor.«

Da niemand aus dem Bekanntenkreis von Herrn Biblis Ableben erfuhr oder den Ort wusste, wo seine sterblichen Überreste aufbewahrt wurden, blieb seine letzte Ruhestätte ohne jegliche Grabinschrift.

## 25

Als die junge Frau den Bücherflohmarkt schon hinter sich gelassen hatte, erblickte sie vor sich auf dem Boden ein zerrissenes, erdverschmutztes Poster, auf dem sie im Vorbeigehen die Zeilen lesen konnte: »Schaff gute Bücher in dein Haus, sie strömen reichen Segen aus und wirken als ein Segenshort auf Kinder und auf Enkel fort.«

Romana Buck, so hieß die junge Frau, musste lächeln. Sie strebte einem nahe gelegenen Park zu und ließ sich dort mit dem Buch auf einer Bank nieder. Sie schlug es auf und begann sofort darin zu lesen. Gleichsam in langen Zügen schluckten ihre Augen die Schriftzeichen von den Zeilen, und nach jedem Umblättern der Seiten füllten sie sich neu mit den ihren Geist erquickenden Sätzen. Alles um sie herum schien unwirklich zu werden und sich schemenhaft zu verschleiern. Wirklich waren nur noch die Ereignisse auf den Zeilen, deren Worte sie mit unheimlicher Fressgier abgraste und so von Seite zu Seite sprang.

Je weiter sie in den Inhalt eindrang, umso mehr eignete sie sich das Buch an, umso mächtiger ergriff es auch von ihr Besitz. Kurz dachte die junge Frau daran, dass sie einer Vorlesung an der Universität ferngeblieben war, deren Besuch sie sich vorgenommen hatte. Das wäre ihre Pflicht als Studentin gewesen.

Als es langsam zu dämmern begann, näherte sich Romana Buck bereits den letzten Seiten. Sie spürte, wie ihre Augen von der anstrengenden Lektüre brannten, was sie jedoch nicht daran hinderte, mit ungebremster Geschwindigkeit dem Ende entgegenzulesen. Inzwischen hatte das Tageslicht so abgenommen, dass Romana keine Buchstaben mehr erkennen konnte. Spaziergänger durchstreiften den Park längst nicht mehr. Die Leserin war mit ihrem Buch allein. Ungeduldig eilte sie zu einer nahe stehenden Parklaterne, die soeben eingeschaltet worden war, und vertiefte sich sofort wieder stehend in den Text. Als die Buchstaben zu verschwimmen begannen und sie daher den Sinn des Gelesenen nicht mehr zu erfassen vermochte, klappte die Studentin das Buch zu und eilte, leicht gereizt wegen dieser unwillkommenen Zwangspause, ihrer Einzimmerwohnung zu, in der sie ein Berg von Büchern erwartete. Eine Motte saß auf dem nachtschwarzen Fenster. Romana kam Alfred Polgars Bonmot in den Sinn: »Motten gehören in eine richtige Studierkammer. Motten, Moderduft, Tiergeripp, Totenbein und Bücher.«

Die junge Frau knipste die Schreibtischlampe an, schlug die Zimmertüre zu und setzte, noch im Stehen, die Lektüre fort. Sie kniff die Augen zusammen, denn sie erkannte die Wörter nur noch wie durch einen Nebelschleier. Soweit sie sie noch entziffern konnte, gelang es ihr jedoch nicht mehr, ihren Sinn zu begreifen. Schließlich verkleinerte sich die Typographie, und nun schien es ihr sogar, als sei überhaupt nichts mehr wahrzunehmen als nur noch das Weiß des Papiers.

Romana goss sich gereizt einen Klaren ein, kippte ihn sich in den Mund und füllte das Glas aufs Neue. Nach dem Genuss von vier Schnäpsen kam Ruhe über sie, und es dauerte nicht lange, da war sie eingeschlafen. Kurz zuvor aber hatte sie noch nach dem Buch gegriffen, das jetzt locker in ihrer erschlafften rechten Hand ruhte.

Bald wälzte sich die junge Frau unruhig von einer Seite auf die andere, was darauf hindeutete, dass bedrückende Träume sie quälten.

In der Tat hatte die Studentin verwirrende Visionen. Sie sah sich auf dem Bücherflohmarkt, erlebte das Sterben des seltsamen Besuchers mit, befand sich plötzlich in der Universität, wo sie beim Eintritt in den Hörsaal vom höhnischen Gelächter ihrer Kommilitonen empfangen wurde. Laute Rufe schallten durcheinander: »Das Wort Esel heißt, wenn es rückwärts gelesen wird: Lese!« – »Bücher sind doch nichts anderes als Möbel aus Papier!« – »Es gibt keinen besseren Freund, der so selbstlos Körper gewordener Geist ist wie das Buch!« – Ein fliegender Teppich ins Reich der Fantasie, das ist jedes Buch!« – »Die Toten hören nicht auf zu lehren, durch die Bücher, die sie geschrieben!« – »Wir brauchen Bücher, die auf uns wirken wie ein Unglück ... Ein Buch muss die Axt sein für das gefrorene Meer in uns!« – »Es geht den Büchern wie den Jungfrauen. Gerade die besten, die würdigsten bleiben oft am längsten sitzen!« Romana konnte dem Zitatenwirrwarr kaum folgen.

Auf einmal warf ihr jeder ein Buch zu. Es gelang ihr jedoch nicht, eines zu fangen, die meisten flogen an ihr vorbei, einige trafen sie am Kopf, an der Brust und an den Armen. Sie empfand jedoch keinen Schmerz. Obwohl sie keines zu ergreifen vermochte, hatte sie dennoch plötzlich das auf dem Flohmarkt erstandene Buch in den Händen. Es schnappte nach ihr. Sie ließ es fallen und rannte zur Türe hinaus. Das Buch folgte ihr, ständig den Falz spreizend wie ein kleines Ungeheuer. Unvermutet stand sie vor einem verschlossenen Gitter und kam nicht weiter. Mit einem Satz sprang ihr das Buch in die Arme.

Romana erwachte mit einem Schrei. Als sie das Buch in ihrer Hand erblickte, warf sie es erschrokken und angewidert von sich. Nach einiger Zeit hatte sie sich etwas beruhigt. Sie hob das Buch auf und legte es auf den Tisch. Dann schlief sie ein und verbrachte den Rest der Nacht ohne beunruhigenden Zwischenfall.

## Epilog

Ward ein Buch zu Dasein, Welt.
Und zuletzt auf seiner letzten Seite,
Schwindet die erfüllte Weite
In die Deckel, die die Hand noch hält,
Endet es, wie Leben endet,
Fern von Segen, fern von Fluch –
Blatt um Blatt zurückgewendet
Ist es wieder Buch.

WILHELM VON SCHOLZ
(1874 – 1969)

## 26

Das Buch ist unter uns. Es verschwindet zwischendurch immer irgendwo in der Versenkung, in einer alten Kiste auf einem Dachboden, im Keller zwischen Gerümpel, in einer alten Bibliothek in der zweiten Stellreihe eines Regals, selten auch in einem Grab. Es taucht aber immer wieder auf. Nicht nur auf einem Flohmarkt, auch an anderen Orten wird es einen Buchliebhaber faszinieren, in seinen Bann ziehen, weil es ihn besitzen und verwandeln will, um sich dadurch selbst zu verwirklichen und zu erlösen. Und welches höhere Glück kann einem Lebewesen widerfahren, als in ein Buch einzugehen und sich dabei, wenigstens für einen kurzen Zeitraum, der fleischlichen Hülle zu entäußern.

»Nicht um die Menschwerdung geht es auf Erden, es geht allein um die Buchwerdung.« Diesen Satz, der wohl von einem Philosophen stammt, mag nur der verstehen und sich einprägen, der weiß, was es heißt, Buch zu sein und sich in es zu verwandeln.

Wer Bücher liebt, ertappt sich immer wieder bei diesen – mag sein perversen – Gedanken. Er ist stets bereit, wenn ihm dieses Schicksal widerfahren sollte, sich nicht nur damit abzufinden, sondern es bis zum Ende auszukosten und sich ihm widerstandslos auszuliefern, wenngleich ein anfängliches Sträuben als durchaus normal bezeichnet werden darf.

Sofern man Leser ist und sich des Öfteren schon von ungewöhnlich aussehenden Büchern zum Kauf anreizen oder zum Diebstahl verlocken ließ, sollte man auf die Symptome achten, die man an sich bemerken kann, wenn man dem Buch begegnet. Man liest es fast bis zum Ende, erfährt alles von ihm, ohne es zu glauben, und dann, auf der letzten Seite, schlagartig, ohne vorherige Ankündigung, ist man auf einmal überhaupt nicht mehr fähig, sich zu konzentrieren, liest Sätze, die einen Sinn zu haben scheinen, aber man erfasst ihn nicht mehr, bemerkt verschwimmende Buchstaben, sieht die Schrift sich unendlich verkleinern und zuletzt ganz verblassen. Und dennoch lässt einen das Buch gerade deshalb nicht mehr los.

Bereits in diesem Stadium setzt die Buchwerdung ein, ohne dass der davon Betroffene es zunächst bemerkt. Es kann Jahre dauern, bis der Verwandlungsprozess abgeschlossen ist. Er ist schleichend, aber er wird stattfinden. Es gibt nur eine Möglichkeit, den Ausbruch der Verwandlung zu verhindern, wenn man nämlich den Schneepart, gebäumt, bis zuletzt, im Aufwind, vor den für immer entfensterten Hütten: Flachträume schirken übers geriffelte Eis; die Wortschatten heraushaun, sie klaftern rings um den Krampen im Kolk ... insprinc haptbandun, invar vîgandun!

... thû biguol en Uodan, sô hê uuola conda: sôse bênrenkî, sôse bluotrenkî, sôse lidirenkî: bên zi bêna, bluot zi bluoda, lid zi geliden, sôse gelîmida sîn! ... insprinc haptbandun, invar vîgandun! ... sôse bênrenkî, sôse bluotrenkî, sôse lidirenkî: bên zi bêna, bluot zi bluoda, lid zigeliden, Bôse gelîmida sîn! ... insprinchaptbandun, invarvîgandun! ... sôse bênrenkî, sôse bluotrenkî, sôse lidirenkî: bên zi bêna, bluot zibluoda, lid zi geliden, sôse gelîmida

Das Buch hat ein Ende,
Gott all Unheil wende
Und geb' uns seine Gnad'
Und diesen Samstag ein gutes Bad.

ALTER SPRUCH

# Pressestimmen
## zu dem Roman DAS BUCH

»Die Bücherwürmer sind, wie dieses Buch, das es eigentlich gar nicht gibt, unsterblich.«
*Börsenblatt des Deutschen Buchhandels*

»Sprachgewalt und Wortgefühl, Ideenreichtum – einfach fantastisch, bizarr ... Der Ehrenplatz ist diesem Werk schon sicher.«
*Kai Schütt*

»... die größte Liebeserklärung die jemals dem Leser, den Büchern und Schriftstellern gemacht wurde.«
*Literaturspiegel*

»Die literarische Qualität dieses Buches lässt sich am besten mit Marcel Proust ausdrücken: ›Dass sich der Leser in dem, was in diesem Buch gesagt ist, selbst wiedererkennt, beweist dessen Wahrheit.‹« *Friedberger Allgemeine*

»Zutiefst poetisch und anrührend: ein unglaublich gelungenes Buch.« *SFZ*

»Dieses Buch ist wie ein Sog: fesselnd, unheimlich und erstklassig.« *Kunst und Literatur*

»... so spannend erzählt, oft stilistisch skurril, ... ein Stück gelebtes Leben.« *Donaukurier*

»Es ist kaum zu glauben! Da weiß man ja gar nicht, wie man dieses Buch beschreiben soll. Es ist absolut erstklassig.«
*Neues Buch*

»Vorsicht vor diesem süßen Gift, das man von Zeile zu Zeile in sich hineinsaugt.« *Berliner Morgenpost*